敬斋

当代古典体诗词丛刊

岁月诗痕

（第三集）

上

纪宝成 著

岳麓书社·长沙

自序

《岁月诗痕》（第三集）（《岁月诗痕 叁》）集中了笔者二〇一三年九月至二〇二〇年八月所写的大部分中华古典体诗词作品，计五〇七题、五一五首。其中，诗作二六七题、二七五首，词作二四〇首。

笔者二〇一一年十一月离开领导岗位，二〇一四年十一月退休。这本集子反映的也就主要是那时以来的退居生活了。自初中时代起，中华古典诗词或称中华传统诗词就一直伴随着笔者的生活，多为学习、品读，也有习作、创作。如果说，笔者过去写作诗词不过是一种爱好，『始终只是工作之余因景、因事、因时来了情绪时的率性之作』（《岁月诗痕 贰》后记，中国人民大学出版社，二〇一三年十月出版），那么，近几年来学习或写作诗词，则已成为笔者退居生活的一项主要内容、一项『主业』了。前不久，笔者与侯书栋君共同完成了《历代词选六百首品读》（团结出版社，二〇一九年九月出版），又独自创作了『七绝诗评历代词人八十家』，现在则从这期间写作的大约七百首诗词作品中选辑了这本集子。这些诗词的写作初衷，当然一仍以前所说：『其用途仅仅在于自娱、自勉、自宽而已』（《岁月诗痕 贰》后记），但『更多的不过是一位老者的随境寄兴、遇事遣怀，或索趣求乐、怡情养性罢了，尽管这其中也包含有自己这一段时间的人生轨迹和心路历程，多少也折射点时代的斑驳印迹』（《乐斋词 贰》自序，团结出版社，二〇一九年九月出版）。

写作中华古典体诗词，贵在有独特视角、独到见解，能够独有体悟、独树一帜，哪怕只是体现在一句、一词、一字上。《文心雕龙·神思》谈到『驭文之首术，谋篇之大端』时，主张为文者应是『独照之匠，窥意象而运斤』，实乃至理。有了『独照』之见，也就是今人所说的创新之见，所出的诗词就不仅仅是在反映生活，也同时是在创造生活了。而要拥有『独照』之见，就必须在『积学以储宝』（同上文）方面下功夫，从书本和实践两个方面去『积学』，积而后发；就必须在『研阅以穷照』（同上文）方面下功夫，不断丰富生活阅历，仔细观察世界，深刻体悟事物；就必须在多思、深思方面下功夫，践行『学者不可以不深思而慎取之也』（王安石《游褒禅山记》）。而这『下功夫』者三，笔者以为后者乃最后成功之一跃，尤为关键，诚如王安石所说：观于天地山川草木虫鱼鸟兽，凡有得者，『以其求思之深而无不在也。』（同上文）笔者一九九一年写过一篇短文《谈谈『科研观』》（见《中国人民大学报》一九九一年四月二十五日；《群言》一九九二年第二期），提出人文社会科学的学术研究要『有感而立，有积而发，有思而作』，也大体是这个意思：『有感』『有积』是前提，最后『有思』了才能有所『作』。而我所体悟的这学术研究『三有』，与前述的诗词创作『三个下功夫』，其实是理趣相通的，可谓异曲同工。秉持这『三有』『三个下功夫』，就一定能够不同程度地求取到诗词创作中的『独照』之见。我相信，『独照』之见乃一首诗词的灵魂，无此，是谈不上什么『笔力』『意境』云云的。我们当然难以每时每地尽善尽美地拥有『独照』之见，但有没有这个目标追求，效果会大不相同。尽管人人追求之，它却不会被穷尽，因为，自由活跃的思想总会不断拓展人们想象力的边界。不过，毕竟说来容易做来难，笔者也只能以此自勉而已，做起来其实往往力不从心。

我们的时代是中华民族伟大复兴的时代。从中华传统文化中内生出来的中华传统诗词，已经走出了百年阴影，在人民群众尤其在一代文化青年中的影响力与日俱增，学习、创作的热情一浪高过一浪，与笔者青年时代相比早已是另一番天地了！我从内心惊讶、叹服中华古典诗词在新时代所显示出来的非凡复原能力、更新能力和普及能力；也从中深深感悟到了：中华民族源远流长的诗脉、人民群众生生不息的诗心，是不可能为任何力量、任何潮流所割断、所阻挡、所淹没的。我相信，重焕异彩的中华古典诗词广泛回到人民生活之中的时代，正在向我们走来。

衷心感谢饶宗颐、冯其庸、叶嘉莹、袁行霈、欧阳中石、王先霈等诸位先生对我诗词创作和出版的倾心指教和大力支持，衷心感谢我的亲朋好友同事学生对我诗词活动的长期支持和鼓励，衷心感谢岳麓书社以及曾德明、黄朴民、王文西、郭海鹰、蒋利华等诸君对本书的出版所付出的心血和辛劳。

诚挚期待着读者们的批评。

纪宝成

二〇二〇年八月于北京乐斋

目录

七绝　赞范钦创天一阁

天一沧桑四百年，凝晖养气范公贤。
至今人仰遗幽地，为敬崇文善举篇。

自注：

宁波天一阁建于明嘉靖四十五年（1566），为明兵部右侍郎范钦（1506—1585，鄞县人）所建，鼎盛时藏书七万余卷。世界现存最古老的三座私人藏书楼之一，全国重点文物保护单位。现藏有古籍三十余万卷。

二〇一三年九月二十八日晨于宁波阳光豪生大酒店

少年游　国庆假日游颐和园

国庆次日京城万里无云。清晨，笔者祖孙三代同游颐和园，其乐融融。

秋高气爽净蓝天，放眼绝尘纤。西山耸翠，昆湖献碧，林木竞光鲜。
天伦之乐浓滋味，幸福在身边。山色波光，亭台楼阁，共我尽皆缘。

二〇一三年十月三日晨于北京百旺家苑乐斋

西江月　讲演卡内基图书馆

此处名门大宇，今天革履西装。书生意气我登堂，人静几多情况！

一阵强风劲雨，满腔荡气回肠。幽怀激烈大文章，朗朗道来豪壮。

题注：

十月四至五日，中华能源基金会主办的『第四届中美对话：核心价值与世界秩序』在美国华盛顿特区市内卡内基图书馆举行，著名学者云集。笔者应邀在四日上午开幕式后的主题演讲环节发表题为『包容：尊重和理解中美核心价值的基本前提』的讲话，反响热烈。

二〇一三年十月五日清晨于华盛顿市中心万丽酒店

七绝　北美秋枫图

已经风雨一春秋，还是生机勃未休。
黄绿殷红明丽艳，纵然落叶也风流。

二〇一三年十月九日午于西雅图机场

七律 七十岁自题

循生日『过九不过十』之惯例，倏忽间笔者已七十岁矣！生日将近，感而自题。

布衣一介书生志，风雨人生苦探寻。
功过是非任评说，天平公道在人心。
开怀不负云泉约，回首当歌孺子吟。
此去前程何所欲？自由自在是黄金。

二〇一三年十月十九日于北京百旺家苑乐斋

念奴娇　秋水

桥横秋水，望芦影、依水直随天去。眼外波光无限远，眼下修篁乔树。杨柳多姿，香樟沉静，寂寞无人处。有谁伴我，林间幽径闲步？

遥念古往今来，就成功业者，几多人妒？目尽青天怀哲圣，空寂有啥孤苦？境遇幽明，人间宠辱，一笑休眉竖。暗香阵阵，身边金桂无数。

二〇一三年十月二十四日晨于人大苏州校区敬斋

七绝　阳朔大榕树

秀峰灵水净无尘，蔽日浓荫壮健身。
风雨千年滋润足，龙行虎步已如神。

题注：

阳朔大榕树位于阳朔城南遇龙河畔，树高十七米，树围七点零五米，圆形树冠覆地一百多平方米。相传此树植于晋代，距今已一千五百余年。

二〇一三年十月二十八日晚于桂林—北京空航途中

眼儿媚　七十生辰师生会

十一月一日傍晚，来自各地的笔者弟子，四十多位硕士、博士，相约聚会京城华润，邀我家人一起以『吾爱吾师』为题，庆贺笔者七十寿诞，气氛诚挚、热烈，感人至深。

桃李天下慰吾怀，相见笑颜开。朗声祝福，亲昵合影，一众英才。

视频画面心弦拨，思绪万千来。书香往事，樽前美酒，彩笔安排。

二〇一三年十一月三日夜于百旺家苑乐斋

七绝　七十寿诞家庭纪事（三首）

今年十一月三日是笔者七十岁生日，来自扬州的宝龙家姐一家五位客人，来自宜昌的祖英兄弟姐妹祖森兄等八位客人，齐聚我家庆贺，从未有过的共二十三位亲人团聚，其乐融融！

其一　生日家宴

十一月三日午，长女纪畅、滕岩夫妇，次女玉春、轶男夫妇操持家庭生日宴。此生大乐也！

彩球金寿喜盈堂，挚爱深情话语昂。
壮阔心潮慈孝涌，举杯不尽是长江。

其二　登百望山

二〇〇四年以来，每逢生日必偕亲友登百望山。今日（十一月三日）下午在亲人们陪伴下又祖孙三代同登百望山。

晴空万里碧无尘，七秩登山硬朗身。
栌染枫红凝厚重，深秋明媚不输春。

其三　游颐和园

十一月四日上午，偕祖英陪扬州、宜昌亲人同游颐和园，一众十六位，亲情无尽中漫话闲步，共品秋色无限，实在难得。

红黄凝重在梢头，喜气洋洋品晚秋。
今日游园山水乐，心潮澎湃载归舟。

二〇一三年十一月三日夜、五日晨于百旺家苑乐斋

鹧鸪天　咏菊兼和郑世让

不与群芳争短长，晚秋时节献孤芳。千姿百态凌霜立，兰紫深沉灼灼黄。思丽句，赏华章，王兰陶菊去何方？不曾梦觉千秋客，回首临风空对窗。

题注：

十一月三日清晨，当年笔者在宜昌工作的同事郑世让君手机发来《鹧鸪天·颂菊·祝宝成先生七十寿辰》，读罢感而以此词相和。

二〇一三年十一月八日晨于武昌楚天粤海大酒店

醉花阴 参观湖北博物馆

借参加全国教育规划学术年会之便于十一月八日上午匆匆参观湖北博物馆部分展厅。

勾践剑王华冷熠，似怨千秋寂。每每撼心奇，惊世随州，宝藏曾侯乙。
古代文明何处觅？一馆皆消息。科技艺精湛，多少沉谜，谁妄评今昔！

二〇一三年十一月八日傍晚于武汉—北京高铁列车途中

七律　答友人生日贺诗

笔者生日前后，友人纷纷发来贺诗，特以此律答谢。

曾经风雨夜兼程，老去神怡步履衡。
漫品诗书仰苏笔，辛劳蔬果学陶耕。
安能乐水遗峰秀，岂可怜花误月盈。
不羡梅园林处士，随缘把盏悦琴筝。

二〇一三年十一月六日晨、八日夜于北京百旺家苑乐斋

好事近　初冬赏明月

朗月又高悬，夺目我心璀璨。仰望夜空澄澈，了不知吟叹！

胸中暗起浪千层，忘却路头返。直去旷幽深处，最清辉无限。

二〇一三年十一月十九日晨于北京百旺家苑乐斋

七绝　颐和园油松

苍劲悠然万木中，四时八节绿荫雄。
根深叶茂平常立，何惧新寒塞北风。

二〇一三年十一月二十九日晨于北京百旺家苑乐斋

七绝　无题

居心叵测鼠馋多，世事纷纭奈若何。
躲进书斋天地大，珠玑或觅一筐箩。

二〇一三年十一月三十日晨于北京—武汉高铁列车上

七绝　主持中国职教学会学术年会

会场慷慨依如故，激荡心潮总向前。
大事何拘宵小恶，高楼窗外大晴天。

二〇一三年十二月一日午后于武汉中南花园饭店

七律　癸巳冬日有感

狂风吹尽枝头叶，竟是新寒说旧时。
苦难老来犹未尽，艰辛昔日或皆痴？
心无愧怍堂堂立，命注清流静静栖。
夜半临窗遥望远，星光月色伴人迟。

二〇一三年十二月一日傍晚于武汉—北京空航途中

摊破浣溪沙　欢庆祖英六十八岁生日

不与熙熙攘攘同，长河细水在胸中。共举一杯长寿酒，满堂红。
蔑向无良投不屑，珍祈独善揽从容。欢乐一家慈福满，暖融融。

二〇一三年十二月十三日晨于百旺家苑乐斋

七律　辞岁和吴志攀

今吾已异旧时吾，又是新年一岁除。
世事如云云变幻，人生似梦梦糊涂。
老妻染疾心如煮，晚景蒙邪意若无。
夜半西山明月在，谁人共我对屠苏？

附：北京大学常务副校长吴志攀教授十二月二十八日晨手机发来《小龙年末周六晨句》：『燕园旧岁将新岁，心老今吾非旧吾』云云，遂和而作答。

二〇一三年十二月二十八日午后于北京百旺家苑

五绝　二〇一四年元旦赠祖英

阴霾留旧岁，邪恶一刀除。
执手新元日，忘机世外庐。

二〇一四年一月一日凌晨于北京百旺家苑

自注：

忘机，李白《下终南山过斛斯山人宿置酒》诗句：『我醉君复乐，陶然共忘机。』温庭筠《利州南渡》诗句：『谁解乘舟寻范蠡，五湖烟水独忘机。』

七律　癸巳岁末随想

读华干林君前日发来《癸巳岁末随想》感而用原题原韵相和。

风雨人生贵自持，清心寡欲任稀奇。
阆仙笔下曾磨剑，太白楼前总赋诗。
冰炭焉能同器在，芳菲岂会一风遗。
引杯孤酌邀明月，犹记橙黄橘绿时。

自注：阆仙，唐代诗人贾岛字阆仙，有诗作《剑客》。冰炭，《后汉书》有云：『邪正之人，不宜共国，亦犹冰炭不可同器。』

二〇一四年一月十八日凌晨于百旺家苑乐斋

七绝　集名人句

不畏浮云遮望眼，青山明月不曾空。
东边日出西边雨，昨夜星辰昨夜风。

自注：

此七绝各句依次分别集自王安石《登飞来峰》，王昌龄《龙标野宴》，刘禹锡《竹枝词》，李商隐《无题》。

二〇一四年二月二日（正月初三）于北京百旺家苑

七绝　读干林游西楚霸王祠诗

当年不肯过江东，时不济兮泪洒风。
叱咤风云一生烈，途穷运末亦英雄。

附：

华干林君二月十四日午后手机发来的《游和县乌江西楚霸王祠有感》：『盖世英雄楚霸王，拔山举鼎性情刚。人生退步天宏阔，恨你为何不过江！』

二〇一四年二月十五日晨于北京百旺家苑乐斋

七绝　悲昆明惊天惨案

悲风万里悼无辜，怒火中烧拍案呼！
大祸频频疆独乱，有无大计犯糊涂？

附记：

二〇一四年三月一日晚九时二十分许，『疆独』暴徒在昆明火车站丧心病狂地挥刀砍杀无辜民众，共造成二十九人死亡，一百四十三人受伤，消息传来，举世震惊，人们无不义愤填膺！

二〇一四年三月三日凌晨于北京百旺家苑乐斋

诉衷情　殷勤家务

老妻祖英因病手术到今天三个月了。

殷勤家务不含糊，只手细还粗。垂帘老伴安卧，顾盼处、睡也无？

煤气灶，电磁炉，我当厨。力刀灵铲，碗碟生香，意满声殊。

二〇一四年三月三十一日晨于北京百旺家苑乐斋

七绝　清明倍思乡

人过华年忆念长，清明时节倍思乡。
我心已系虹桥柳，今夜梦魂迷绿杨。

二〇一四年四月二日晨于北京百旺家苑乐斋

浪淘沙　月夜临窗

把盏夜临窗，细缕茶香。风帘漫动漾清凉。熄去灯光还月色，梦幻轩堂。

独自莫思量，放眼空茫。举杯邀月颂华章。淡定人生方是福，垂柳骄杨。

二〇一四年四月十三日晨于北京百旺家苑乐斋

忆秦娥　访京西古道

七八级研究生学友五老翁（曾国祥、郑洪庆、毛佩琦、郑保卫与笔者）于十八日结伴访京西古道，驻足牛角岭关城，其乐无穷，特调寄此小令以记之。

声情切，寻幽探胜闲翁悦。闲翁悦，并肩遥眺，古今环列。

妙峰山外层峦叠，京西古道音尘绝。音尘绝，蹄窝点点，百般年月！

二〇一四年四月十九日夜于北京百旺家苑乐斋

临江仙　记第九次东北亚名人会

三国名人重聚首，厅堂竞放华灯。艰难时局话题沉。眼中烟雨漫，胸内有雷声。笃定主持安稳坐，满堂水起风生。宣言声动绿杨城。高楼遥望去，街路纵还横。

题注：

东北亚名人会第九次年会于二〇一四年四月二十一日至二十二日在中国扬州举行。曾培炎前副总理、福田康夫前首相、李洪九前总理分别率中日韩三方代表团与会。这次会议的主题是『开创东北亚合作新愿景』。会议通过了《东北亚名人会共同倡议》，并最终确认了笔者提交的『中日韩共同常用汉字表』（八百零八字）。笔者受新华社委托，有幸再次主持了会议期间的全体会议。

二〇一四年四月二十三日于扬州香格里拉大酒店

朝中措　晨园

蔷薇万朵小园香，灿烂一篱墙。迎面晨风吹拂，枝头片片阳光。

抬头轻叹，绿荫又满，时在何方？布谷几声啼远，老妻一脸安详。

二〇一四年五月二日上午于北京百旺家苑乐斋

水龙吟　初夏夜步

夜来独步西园，石阶曲径星空下。月光泻地，清风沐面，古今无价。妙句低吟，联翩浮想，出神入化。愿随风万里，功名散淡，人间事，谁人把？

树影重重相拥，叹流光、又期初夏。年来岁往，风云奔走，平生如画。华发苍颜，陵迁谷变，何需惊诧。正清凉夜色，心清似水，步轻轻跨。

自注：

辛弃疾《清平乐·独宿博山王氏庵》：『平生塞北江南，归来华发苍颜。』

《诗经·小雅·十月之交》：『高岸为谷，深谷为陵。』

二〇一四年五月七日夜于北京百旺家苑乐斋

七绝　讲演高职研究会

今上午在成都望江宾馆出席全国高职院校研究会年会闭幕式并讲演。

条分缕析任张弛，又是声情激越时。
扣准问题兴奋处，满堂屏息共神驰。

二〇一四年五月二十四日下午于成都赴荣县汽车途中

七绝 荣县大佛

翠环山拥欲齐天，法相庄严漫透甜。
沐雨栉风千百载，慈来悲去在心缘。

题注：

四川荣县大佛坐落于城郊真如岩，为世界第一大释迦牟尼石刻佛、第二大石刻佛（仅次于乐山弥勒大佛）。佛身通高三十六点六七米，头长八点七六米，肩宽十二点六七米，膝高十二米，脚宽三点五米，为坐姿佛像，传建于晚唐年间。

二〇一四年五月二十六日清晨于荣县县城

西江月　拜谒吴玉章墓

一十三年过去，重来别样心情。鞠躬肃穆对坟茔，怯步高台幽径。
不朽树人业绩，永存革命功勋。一生典范后人倾，翠柏苍松人静。

自注： 一十三年句：二〇〇一年十月三十一日上午，在吴玉章老校长家乡——四川省荣县双石镇蔡家堰村举行其骨灰回故里之安葬仪式，仪式由中国人民大学主持，笔者代表学校讲话。

二〇一四年五月二十六日午于成都—北京航班途中

七绝　雨

无雨天天盼雨来，天天大雨必成灾。
人云好雨知时节，此等机缘有几回？

二〇一四年六月二十日于百旺家苑乐斋

七绝　田头杂咏

弯腰曲腿动锹钯，喜捧圆茄乐摘瓜。
赤日炎炎衣湿透，柳荫树下赏荷花。

二〇一四年六月二十九日午前于京城西北郊后沙涧小毛驴市民农园

七绝　沙坡头

大水奔流万古波，沙原横断耸巍峨。
从来物极总趋反，大漠沙狂不过河。

题注：

沙坡头位于我国第四大沙漠腾格里沙漠与黄河交汇处，宁夏中卫市境内。

二〇一四年七月六日夜于中卫秀水岛酒店

临江仙　闲话

方桌老妻相对坐，晚来闲话融融。摇头电扇送清风。几盘精致菜，小酌两三盅。三十六年如一梦，几多往事情浓。关山回望迹无踪。小舟何处有，江海觅苏翁。

自注：

三十六年，自一九七八年考取中国人民大学研究生至今已三十六年矣。苏轼《临江仙·夜归临皋》：『小舟从此逝，江海寄余生。』

二〇一四年七月十五日于北京百旺家苑乐斋

生查子　主持职教学会长春会议

提气进会堂，爽意关东夏。感奋议纷纷，风起云方乍。

脱口溢生机，挥手还潇洒。老去又登楼，不在他人下。

题注： 中国职业技术教育学会四届三次常务理事扩大会议七月十九至二十日在长春召开，主题是学习贯彻国务院今年六月召开的全国职教工作会议精神，笔者主持会议并作总结讲话。

二〇一四年七月二十日晨于长春乐府大酒店

江城子　夜无眠

夜来往事又纷呈。对孤灯，意升腾。灯灭灯明，辗转梦难成。幸有胸中空旷处，花月在，古琴声。

平生多少野山行！乱云暝，峭峰迎。挥手当年，谈笑直披荆。满眼风光情未了，人已旧，夜更深。

二〇一四年七月二十八日晨于百旺家苑乐斋

七绝　田头杂咏（之二）

一池玉叶蓬蓬立，百点红莲粉彩雕。
劳作田头收亦种，荷香汗味较谁消？

二〇一四年八月二日午前于京城西北郊小毛驴市民农园

七律　盛夏走步西园

朦胧白日西斜去，树下疏风拂面微。
知了纵情高调唱，蜻蜓自在转翻飞。
无心理会阴霾暗，放目闲观芳草肥。
默品犹存松菊意，扭腰甩手把家归。

自注：

陶潜《归去来兮辞》：『三径就荒，松菊犹存。』

二〇一四年八月三日晨于百旺家苑乐斋

七绝　忧愤（四首）

其一

腐政贪官这样多，万民惊诧又如何。
寻根究底谁能解，拍案挥拳一曲歌！

其二

官商勾结舞翩跹，地祸房灾百姓煎。
利目钱纲时日久，血红资本一方天。

其三

炒作狂欢竞走红，造谣加罪刮台风。

为非作歹污名化，多少荒唐网络中。

其四

时下安全叹不全，食污爆炸雾霾天。
缘由究得当何是，不为苍生只为钱！

二〇一四年八月六日于百旺家苑乐斋

七绝　游桃花潭

桃花潭水碧盈盈，静气遥观步履轻。
欲觅仙踪浑不见，若无似有踏歌声。

自注：

桃花潭位于安徽泾县境内青弋江中。诗仙李白在这里写下千古名作《赠汪伦》：『李白乘舟将欲行，忽闻岸上踏歌声。桃花潭水深千尺，不及汪伦送我情。』为颂扬这一友情，东岸南阳镇临江面潭处建有踏歌岸阁，悬门额『踏歌古岸』。

二〇一四年八月十五日下午于安徽泾县桃花潭景区南阳古镇

浪淘沙　邓公一百十年诞辰

智勇贯苍穹，唤雨呼风，雄才大略画图宏。功过是非天下事，评说千容。

达道在心中，权变无穷，邓公别样继毛公。指点江山形胜地，旧迹新踪。

二〇一四年八月二十二日晨于南宁相思湖国际大酒店

七绝　玉簪花

树下栏边满地闲，阳光不见也欢颜。
秋风微漾清凉意，翡翠斜横白玉簪。

二〇一四年八月二十四日于北京百旺家苑笑闹轩晨光中

永遇乐 一帘一棹皆归处

一棹天涯，一帘风月，皆是归处。野外舒心，书房饱目，一任流光赴。山高水阔，天长地远，忘却念情无数。何能有，躬耕垂钓，直随五湖烟雨。

窗明几净，堂闲人静，又得斜阳几缕。握笔凝神，放歌自得，怡乐尊前取。是非荣辱，阴晴圆缺，点破杨花柳絮。闲窗外，风摇翠竹，引人入去。

自注：

赵晔《吴越春秋》：范蠡乃乘扁舟，出三江，入五湖，人莫知其所适。

二〇一四年八月二十七日于北京百旺家苑乐斋

眼儿媚　游香山

鞋软衣宽沐清风，秋色画图中。满山苍朗，金阳灿烂，一碧晴空。莫谈往去今来事，信步任西东。心如止水，开怀揽翠，一扫尘容。

自注：

苏轼《游卢山次韵章传道》：『尘容已似服辕驹，野性犹同纵壑鱼。』

二〇一四年九月四日夜于百旺家苑乐斋

虞美人　中秋节赏月

九月八日，甲午年中秋节。入夜携祖英于昆明湖边赏月，归来复在家居阳台上赏月，难得皓月当空，不由思绪万千。

月华如水心澄净，摇曳波光影。湖边柳下眺南天，踱步漫吟千里共婵娟。

何曾忘却家乡月，只是而今烈。夜来梦断坐床头，犹唱大江东去接天流。

二〇一四年九月九日清晨于百旺家苑乐斋

摊破浣溪沙　讲演东北财经大学

银杏枝头片片金，登楼讲演共心鸣。满眼
学人无限意，气神清。
一众欢愉潮浪涌，满场热烈掌声盈。挥手
躬身舒缓步，殿堂情。

二〇一四年九月十八日清晨于大连

五律　田头杂咏（之三）

年年除杂草，岁岁草还生。
大雨滋狂勃，骄阳纵乱横。
随时勤铲拔，换季透翻耕。
治理周而复，农人不尽程。

二〇一四年九月二十日上午于京郊租赁菜地劳作往返途中

念奴娇　备课

又临书桌，叹光阴、逝去几多年月。洗涤浮华尘俗气，重拾典章经籍。百草千花，蜂翻蝶舞，细细丛中猎。奇思妙处，寸心全是愉悦。

总应望远登高，路极天涯，山水千重叠。长恨此身非我有，乐得老来孤洁。论说东西，点评今古，似阻终还彻。迎窗当笑，一头精气华发。

自注：

晏殊《鹊踏枝》词句：『独上高楼，望尽天涯路。』　苏轼《临江仙》词句：『长恨此身非我有，何时忘却营营。』

二〇一四年九月二十一日于百旺家苑乐斋

唐多令　郊外秋晨即兴

残叶满池塘，岸边老柳长。寂无声、些许凄凉。水下生机人不见，嫩白藕，自清香。

云影共天光，山明旷野苍。沐晨风、树壮峰昂。已是秋深寒露重，田间走，喜新黄。

二〇一四年九月二十七日于百旺家苑乐斋

满江红　又听旧时壮怀歌曲

磅礴恢弘，踏旋律、壮怀激烈。长空望、轻吟缓步，沸腾热血。抒远志艰难道路，忆峥嵘旧时年月。弹指间、白发复苍颜，声情切。

漫回首，时空越；对镜我，当挥别。叹才因老尽、智穷拿捏。秋色迷人无限好，眼空无物全为洁。豪兴起，亮嗓颂《长征》，云山叠。

自注：

姜夔《蓦山溪·题钱氏溪月》词句：『才因老尽，秀句君休觅。』

二〇一四年十月六日于百旺家苑乐斋

七绝　集宋人词句

无情不似多情苦，已是黄昏独自愁。
满目山河空念远，一丘一壑也风流。

自注：

此七绝各句分别依次集自晏殊《木兰花》、陆游《卜算子》、晏殊《浣溪沙》、辛弃疾《鹧鸪天》。

二〇一四年十月十日深夜于贵阳金阳大酒店

七绝 雅集风生

十月二十四日与朴民、梦超、海鹰、利华等午餐雅集，共议助力当代古典体诗词事。

雅集风生共热心，清和养正古来音。
何须梦得如椽笔，逸韵新流一代临。

自注：

《晋书·王珣传》：『珣梦人以大笔如椽与之。既觉，语人云：此当有大手笔事。』

二〇一四年十月二十五日晨于百旺家苑乐斋

少年游　田头杂咏（之四）

颜开掌击说丰收，灿烂在田头，嫩鲜白菜，硕长萝卜，留影竞风流。

敞怀一笑秋光老，快矣俗尘休。一脉青山，几畦园圃，陶令别无求。

二〇一四年十月二十六日傍晚于百旺家苑乐斋

七律　颐和园中大合唱

今晨偕祖英游颐和园，驻足后山『意迟云在』阁，饱览『心连心合唱团』老人们自由自在、无拘无束地激情演唱，一曲又一曲，感而记之。

松林深处劲歌飞，管乐西洋鼓点随。
合唱无须曾旧识，放歌只要共新围。
声情激荡云翻涌，意气浓纯水映晖。
若此人生何憾有，白头霜鬓忘家归。

二〇一四年十月二十八日夜于百旺家苑乐斋

鹧鸪天 倚遍危栏

倚遍危栏觅画图，山沉水远寸心孤。霜欺雪压梅枝俏，月淡风轻竹影舒。
人欲醉，酒还呼，《离骚》细读趣杯壶。
风流未必皆君子，隐忍何由不丈夫！

自注： 辛弃疾《满江红·山居即事》：『细读《离骚》还痛饮，饱看修竹何妨肉。』《世说新语·任诞》：『王孝伯言：名士不必须奇才，但使常得无事，痛饮酒，熟读《离骚》，便可称名士。』

二〇一四年十月三十一日清晨于百旺家苑乐斋

临江仙　生日又登百望山

今天笔者七十周岁生日，阳光灿烂，天清气朗，难得的好天气。遂偕祖英并书栋、文彬、利华诸后生于上午援例又登百望山，兴致盎然，特填此词以记之。

过眼光阴无再得，秋深莫负斑斓。携来豪兴谷峰间。有层林尽染，有意气青山。
七十人生当戒得，眼宽西北东南。任它一路直还弯。随心皆是乐，俯首拾清闲。

自注：

曹组《忆少年·年时酒伴》：『念过眼、光阴难再得，想前欢、尽成陈迹。』毛泽东《沁园春·长沙》：『看万山红遍，层林尽染』。辛弃疾《沁园春·再到期思卜筑》：『青山意气峥嵘，似为我归来妩媚生。』《论语·季氏篇》：『孔子曰：君子有三戒……及其老也，血气既衰，戒之在得。』

二〇一四年十一月三日下午于百旺家苑乐斋

七律　答友人

未悔当年做事多，忧谗畏妒叹蹉跎。
有情常被无情恼，正派何堪宵小拖。
暗紫夺朱曾料否，疾风折木又如何？
无惊无惧还谈笑，淡定人生不怕磨。

自注：

《论语·阳货》：『子曰：恶紫之夺朱也……。』

二〇一四年十一月七日（甲午年立冬）晨于百旺家苑乐斋

七绝　初冬郊游即景

十一月十一日上午，全家郊游奥林匹克森林公园，其乐融融。

万木萧疏柳染黄，西风野水碧波长。
孙儿抖得芦花乱，一路童心一路狂。

二〇一四年十一月十二日清晨于百旺家苑乐斋

七绝　数拜名家

近日，为诗词丛刊事先后在京津拜访冯其庸、叶嘉莹、欧阳中石诸老；今晨刘征老先生又打来电话表示支持。

数拜名家求问计，诗心词魄觅知音。
胸中丘壑文章事，执手谆谆语万金。

自注：《汉书·叙传》：「渔钓于一壑，则万物不奸其志；栖迟于一丘，则天下不易其乐。」辛弃疾《鹧鸪天·鹅湖归病起作》：「书咄咄，且休休，一丘一壑也风流。」

二〇一四年十一月十五日晨于百旺家苑乐斋

七绝 杨树

剑指苍穹欲入霄，只昂不贵不娇骄。
根深大地堂堂立，暴雨狂风不折腰。

二〇一四年十一月十六日午前于北京百旺家苑乐斋

眼儿媚　寄远

林外斜阳怯西风，寒意渐侵浓。满园焦叶，萧疏万木，又是新冬。

而今往事难重省，望远寂无踪。徘徊四顾，谁堪似我？我为谁容？

自注：

王雱《眼儿媚·杨柳丝丝》：『而今往事难重省，归梦绕秦楼。』

二〇一四年十一月二十二日（小雪）夜于百旺家苑乐斋

七绝　槟榔树

昨日在校友武光陪同下偕祖英自海口赴三亚，途中曾驻足琼海北仍村槟榔林。

英姿挺秀凌空碧，果籽天成特味香。
举手摸抚躯干处，可怜斑驳尽沧桑。

二〇一四年十二月一日清晨于三亚湾兰海花园听涛阁

鹊桥仙　养息三亚湾

门前眺岭，阳台看海，爽透穿堂风满。静心藤椅仰舒然，便忘却、烟尘冷暖。

神随浪涌，思随鸥舞，往事风吹云散。诗词丝竹最关情，了百事、无长无短。

二〇一四年十二月二日上午于三亚湾兰海花园听涛阁

七绝　空航偶兴

下午自北京乘国航航班飞三亚。

灿烂阳光耀太空，抬头满目碧无穷。
眼低云幕层层厚，一路飞来未见通。

二〇一四年十二月十日黄昏于飞行途中

七绝　海滩偶句

无缘酒醉新丰市，独向天涯觅旷幽。
闲步沙滩人不识，无边风浪涤人愁。

自注：

新丰市，故址在今陕西临潼境，汉高祖建，唐马周曾大饮于此，故后世常用以代指酒市。

二〇一四年十二月十一日午前于三亚湾兰海花园听涛阁

七绝　忆儿时老家

古运河边三两里，前田后水绿杨村。
三间茅舍半天井，扑面温馨是叩门。

二〇一四年十二月十一日午后于三亚湾兰海花园听涛阁

五绝　为祖英寿

今天祖英生日，中午时分纪畅、滕岩伉俪惊现听涛阁，他们（也代表玉春、轶男）专程从北京飞来庆其母亲生日，祖英与我皆大喜。

惊喜从天降，天涯祝寿来。
举家长寿面，共酌乐开怀。

二〇一四年十二月十二日夜于三亚湾兰海花园听涛阁

朝中措　游泳三亚湾

岸边商厦耸晴空，人卧碧波中。无意浮云遮眼，倾心海韵椰风。

舒张双臂，轻灵双腿，一任从容。弄趣自如仰侧，管它浪谷波峰。

二〇一四年十二月十五日夜于三亚湾兰海花园听涛阁

七绝　忆儿时放牛

自由自在出家门，投野寻荒走跳奔。
最喜壮牛微翘首，一声长哞啸黄昏。

二〇一四年十二月二十二日清晨于三亚唐拉雅秀酒店

七绝　忆儿时车水

二十世纪五十年代前期，家乡小户人家只能靠人力车水灌溉水稻田。老夫幼年丧父，儿时即与姐姐一起帮助母亲车水灌田，因人小身矮，车水时犹如吊在扶杆上，路人常对劳作中的我们母子三人投以同情的目光。

纵有踩空慌脚多，劲蹬终究拐平和。
眼前一色秧苗绿，流水哗哗我唱歌。

自注： 拐，作动词，即车拐转动。

二〇一四年十二月二十七日晨于北京百旺家苑乐斋

采桑子　又到新年

新松暗老嗟驹隙，又到新年。又到新年，诗酒年华林下篇。

一生坎坷何曾悔？世事如烟。世事如烟，老眼昏花读稼轩。

自注：

《庄子·知北游》：『人生天地之间，若白驹之过隙，忽然而已。』

二〇一四年十二月二十九日凌晨于北京百旺家苑乐斋

七绝　和黄朴民贺岁诗

夜得朴民贺岁诗，感而步其韵。

心清何处不逍遥，满屋书香醉寂寥。
墙角吊兰凝碧玉，任它窗外动寒潮。

附：

十二月三十一日午夜时分黄朴民教授发来手机短信祝贺新年：

『胡诌四句为贺：朔风辞旧一梦遥，窗外风景亦寂寥。但有温馨书香在，依然二月起春潮。』

二〇一五年元旦清晨于北京百旺家苑乐斋

七绝　忆儿时游戏一景

菜园前面草堆旁，你我冲锋是战场。
手舞纸糊枪短械，大呼小叫竞张狂。

二〇一五年一月二十七日晨于北京百旺家苑乐斋

七律 冬日午后

午后冬阳灿烂时，老妻伴我走楼西。
安闲把转柔推器，豪迈拼蹬漫步机。
放眼寒山山峻朗，开心夜梦梦离奇。
随缘野趣闲消息，瞧那林梢鹊跳枝。

二〇一五年一月二十七日夜于北京百旺家苑乐斋

七绝　忆儿时夜读

房桌躬身手托腮，微光淡影一书开。
可怜灯盏焰如豆，最盼金轮朗月来。

二〇一五年一月二十八日晨于北京百旺家苑乐斋

七绝 看电视剧《康熙王朝》

雄才大略或堪夸，历史风云正复斜。

不论忠奸论需要，无情最是帝王家。

二〇一五年一月三十日晨于北京百旺家苑乐斋

七绝　忆儿时纳凉

蛙声一片满天星，村野清凉户户宁。
长辈神吹天地事，我忙芭扇扑流萤。

二〇一五年二月二日晨于北京百旺家苑乐斋

蝶恋花 忆当年山行途中

越岭翻山山远去，道细坡高，寂寞松杉树。脚踏悬崖轻慎步，险途过后长长吐。

天意从来难测度，雾起云弥，混沌迷荒路。欲问行人人不遇，抬头且向幽深处。

二〇一五年二月六日晨于北京百旺家苑乐斋

卜算子　咏梅

凛冽贯山林，一隅身形小。缕缕幽香暗自来，映雪嫣然笑。
寂寞待相知，冷艳谁餐饱？纵是凄凉不见人，依旧花枝俏。

二〇一五年二月九日晨于北京百旺家苑乐斋

七绝　乙未年春节

辞马迎羊暖意滋，天时之道只天知。
祖孙三代融融乐，尤是烟花爆竹时。

自注：

辞马迎羊，辞别甲午马年，迎来乙未羊年。

二〇一五年二月二十日（正月初二）晨于北京百旺家苑乐斋

忆秦娥　寒空纤月

寒风冽，夜空斜挂纤纤月。纤纤月，晶莹剔透，冷清孤子。

云愁雨恨无相叠，银钩灿烂天生洁。天生洁，教人宁静，遗人怡悦。

二〇一五年二月二十五日清晨于北京百旺家苑乐斋

菩萨蛮　游大觉寺

应杨慧林、石松伉俪并孙郁教授之邀，于正月初六年前携祖英与诸君同游大觉寺。

无去来处归何处？去来有路还无路。古寺复寒山，拾阶幽步闲。

清心三界外，谈笑儒风采。大觉寄余龄，灿然山水明。

自注：

大觉寺悬匾乾隆题『无去来处』　曹丕《善哉行》：『人生如

寄，多忧何为。』韩愈《过南阳》：『吾其寄余龄。』苏轼《江城子·梦中了了》：『吾老矣，寄余龄。』

二〇一五年二月二十五日（正月初七日）午后

初稿于北京百旺家苑乐斋

二月二十七日清晨定稿于宜昌国际大酒店

鹤冲天　宜昌临江怀旧

细雨歇，暮云低，山色雾轻弥。大江流碧漾心漪，凝目故人痴。多少事，俱往矣，寂寞倚窗眉眯。休将心气落参差，愉目贯东西。

二〇一五年三月一日清晨于宜昌国际大酒店

七绝　和华干林《元宵》

家乡尤忆大江流，元夕思亲怕上楼。
一勺汤圆珠玉润，二分明月亮心头。

二〇一五年三月五日（元宵节）午于北京百旺家苑乐斋

七绝 悼罗国杰教授

笔者所尊敬的中国人民大学教授、著名伦理学家罗国杰先生于三月九日不幸辞世。心情沉痛，遂成此绝。

坚贞勤奋堪人杰，低调谦和一世风。
可惜等身丰著作，依然未敌市声隆。

二〇一五年三月十一日晨于北京百旺家苑乐斋

七律　和薛天纬君

薛天纬教授（新疆师大原副校长）读笔者诗词集后发来《奉赠纪宝成校长年兄》，感动复感慨，特步其韵而和之。

往昔纷纷闪电来，当年你我奋成材。
风云际会才思聚，雷雨艰难智勇开。
常有衔山抒慨意，每因避虎寄愁怀。
如今戒得吟华发，席地幕天呼快哉！

自注：

韩愈《学诸进士作精卫衔石填海》：『口衔山石细，心望海波平。』李白《蜀道难》：『朝避猛虎，夕避长蛇。』《论语·季氏》：『孔子曰：君子有三戒……及其老也，血气既衰，戒之在得。』刘伶《酒德颂》：『幕天席地，纵意所如。』苏轼《醉落魄·述怀》：『须将幕席为天地。』

附：

薛君原诗：『奉赠纪校长年兄　改革风雷动地来，功成须仗出群材。机缘不为凡庸设，慧眼唯从骐骥开。擘画蓝图骋壮志，商量国是敞衷怀。上庠祭酒辛劳甚，余事吟诗亦快哉！』薛诗原注：『一，余与纪君俱一九八一年毕业的文革后首届硕士。二，杜甫《诸将五首》：『安危须仗出群材。』三，纪君一九六九年在宜昌邓村劳动时作七绝《偶感》，诗有句：『天生万物皆当用，只待机缘慧眼来。』其抱负可知。四，纪君二〇〇〇年九月前曾任教育部发展规划司司长。五，纪君二〇〇三年当选为全国人大代表。六，纪君二〇〇〇年九月以后长期担任中国人民大学校长。』

二〇一五年三月十五日晨于北京百旺家苑乐斋

阮郎归　凌晨无寐

祖英今上午将接受第二次手术，凌晨醒来不能寐，特填此小令以遣怀。

伤心无限老年途，飞来横祸殊。一腔愁苦痛难纾，倚床涩眼枯。
寻梦断，夜灯孤，何堪思有无！手当合十用心呼，晓来霾雾除。

二〇一五年三月十八日凌晨于北京百旺家苑

水龙吟　仰天澄碧

——献给病中的祖英

仰天澄碧无垠，空空耳目虚虚虑。鸲雏在否？壮飞应歇，止猜御侮。人本相亲，海鸥远去，是啥情绪？且临窗漫望，扶栏拍遍，谁人应？惟无语。

堪羡江湖永忆，到如今、扁舟何处？无悲白发，无愁春水，禅中钟鼓。笑面桃花，驰新翠柳，任凭风雨。喜携来老伴，并肩信步，直朝前去。

自注：

祖英三月十八日上午在北大医院接受了第二次手术。鹓雏，典出《庄子·秋水》。海鸥，典出《列子·黄帝篇》。李商隐《安定城楼》：『永忆江湖归白发，欲回天地入扁舟。』

二〇一五年三月二十一日午前于北大医院外科三病房

七绝　连翘

已是春分始见开，无缘娇媚入瑶台。
亮黄夺眼添春色，何计评三道四来。

二〇一五年三月二十二日夜于北京百旺家苑

古绝　祖英术后归来

今上午，祖英手术后出医院回家，全家高兴。

喜鹊枝头叫，玉兰开口笑。
列队庆归来，满头银发俏。

二〇一五年三月二十六日午后于北京百旺家苑

古绝　花讯早

枝头春意闹，门外花夹道。

愿君留足多，今年花讯早。

二〇一五年三月二十八日晨于北京百旺家苑

七绝 悼郭寿康教授

我国著名知识产权法专家、中国人民大学教授郭寿康先生于三月二十三日不幸因病辞世。想到先生的贡献，以及与先生八十年代中期以来为在我国高校首开知识产权教育事的多次工作交往，不觉悲从中来。

已是如今国策新，当年却是未曾闻。
奠基开拓知权事，敢说先生第一人。

自注： 知权事，指我国知识产权学科建设及知识产权法国际交流等。

二〇一五年三月二十八日夜于北京百旺家苑

画堂春　凭栏桥上

高楼远去只身还，临桥水绿云闲。人生如寄一挥间，水影漾苍颜。

惯看春来春去，无惊花盛花残。此生何处不艰难？无语对青山。

二〇一五年三月三十一日于北京百旺家苑

江城子　新春开园种菜

新的一年，我们家租地种菜每周一次的田间劳作又从三月二十八日开始了。

清明时节菜园忙，土泥香，又开张。挽袖田头，满眼好风光。曲臂弓腰头点地，轻撒籽，细栽秧。

此身已入野茫茫，不思量，自无妨。苏种陶耕，自在自安详。只觉东风熏我醉，冬去矣，着轻装。

二〇一五年四月四日深夜于北京百旺家苑乐斋

浣溪沙　旧雨小聚

一席长谈满腹悲，停杯搁箸诧离奇。心平气静眼双垂。
叹息声声公道在，唏嘘阵阵厚谊随。惟言珍重各自归。

二〇一五年四月七日晨于北京百旺家苑乐斋

永遇乐 剡溪怀古

绿水青山，谢公何在，千古烟树。越地情怀，百家游寓，一任神仙妒。剡溪上下，曹娥江去，人道是唐诗路。想当年，天姥吟梦，淋漓自由豪吐。

风流总在，厅堂台榭，岁岁升平歌舞。山起风云，水潜汹涌，多少迷人处。有谁问得，千年百载，在在人间疾苦。掉头去、呼天问地，腿抬却步。

自注：

据当代人考察，《全唐诗》两千余作者中有二百七十八人（多为著名诗人）曾游历剡溪，留下诗作，故称剡溪乃至浙东为『唐诗之路』。

二〇一五年四月十九日凌晨于嵊州保罗洲际酒店

五律　偕祖英散步园中

熏风抚你我，相伴出瑶阶。
绿满梧桐树，花开紫穗槐。
晴空飘韵絮，草地敞酥怀。
不负风光好，颐心步履谐。

二〇一五年四月二十六日午后于北京百旺家苑乐斋

眼儿媚　畅游植物园

万千月季吐芬芳，碧水映斜阳。流连花径，漫穿新绿，细品茶香。

谈天说地频频笑，淡定复疏狂。心思只在，红花绿树，山色波光。

二〇一五年五月十五日午夜于北京百旺家苑乐斋

鹧鸪天　初夏晨鸟鸣

万绿丛中是故乡，每逢晴好喜洋洋。清风作伴歌晨曲，敢比仙山飞凤凰。吟寂静，唤朝阳，晓天唱彻沐霞光。无须鼓励无须慰，且自欢愉且自狂。

二〇一五年五月二十二日清晨于北京百旺家苑乐斋

少年游　情满神泉峡

二十三日周六，吾一家三代共八人同游京西山野神泉峡。

清幽一路水潺潺，鱼贯入空山。留神脚下，赏心路野，小峡接微潭。

大呼小叫惊蝌蚪，最是小儿欢。虎咽狼吞，野餐石桌，绝胜梦邯郸。

注：

邯郸，邯郸梦，见唐沈既济《枕中记》。

二〇一五年五月二十五日晨于北京百旺家苑乐斋

虞美人 感海疆风云

风云变幻知多少，往事何曾了！如今『亚太再平衡』，搅局霸行从此又纷纷。惊涛恶浪连天涌，可叹和谐梦。凶神鬼魅闹冥顽，我自岿然雄立稳如山。

自注：

二〇一一年年末，一霸独大之美国提出并开始实施重心由西方转向东方，旨在遏制我中华崛起之『亚太再平衡』全球新战略。

二〇一五年五月三十一日夜于北京百旺家苑乐斋

临江仙　与祖英夏日晨步

无意车流呼啸远，倾心草壮莺肥。西园一路绿荫垂。落花风卷瓣，地野蝶翻飞。

四十九年如一梦，苍颜梦醒身归。仰天长叹说追随。举头晴日好，人世几欢悲。

自注：

笔者一九六六年大学毕业迄今四十九年矣。

二〇一五年六月二日夜于北京百旺家苑乐斋

踏莎行　宜昌老友小聚

六月三日午偕祖英邀当年共同奋斗在宜昌县的『臭老九』李文钊（携夫人）郑世让小聚，感慨万端。五日世让发来此聚词作，特用其韵和之。

今日霜翁，当年老九，京城小酌夷陵友。
沉怀旧事叹流年，忘情频对杯中酒。
有过辉煌，更曾奋斗，花开花落风盈袖。
如今老矣说糊涂，何须解得人生透？

二〇一五年六月六日夜于北京百旺家苑乐斋

七绝　老者垂钓

芦荻丛边一钓翁，红衫黄帽沐清风。
无求挥臂时时起，水影天光静谧中。

二〇一五年六月九日夜于北京百旺家苑乐斋

七绝　芒种时节赏新荷

六月八日（农历芒种第三日）偕祖英在颐和园赏新荷；恰老同学范绎教授微信发来一组她新摄之荷池照，因题。

新荷贴水画清圆，嫩叶卷舒尤俏妍。
遥指婷婷红一点，满湖生气满湖鲜。

二〇一五年六月十一日晨于北京百旺家苑乐斋

七绝　夏日菜园小记

十五日上午与纪畅在农园挥汗劳累了整整五小时。

间苗除草理番茄，整地栽葱种二茬。

鲜菜满筐驱闷热，田头笑口吃黄瓜。

二〇一五年六月十六日晨于北京百旺家苑乐斋

水调歌头　乙未端午寄友人

明日端午，感而填此词。

时序又端午，把酒读离骚。美人香草何在？风雨悼江涛。千古长途漫漫，『体解吾犹未变』，进退耸孤高。鸷鸟不群祸，唱罢泣还豪。

行临水，站观竹，脱尘嚣。劳生一梦堪笑，此去任逍遥。不再蛾眉人妒，更有清风作伴，忘世问渔樵。遥念汨罗祭，无语对今宵。

自注：

唐李白《春日醉起言志》：『处世若大梦，胡为劳其生。』　宋苏轼《醉蓬莱》：『笑劳生一梦。』

二〇一五年六月十九日夜于北京百旺家苑乐斋

七绝　乙未端午和天纬君

浓情端午遍中华，节假归心众口夸。
屈子声名传广宇，楚王台榭化泥渣。

自注：

唐李白《江上吟》：『屈平词赋悬日月，楚王台榭空山丘。』

二〇一五年六月二十日夜于北京百旺家苑乐斋

七绝　夏日初夜

一弯新月烂银钩，几点疏星闪树头。
伫立林间闲望久，虫声一片闹清幽。

二〇一五年六月二十一日晚步百旺家苑西园口占

七绝　夏日菜园小记（之二）

二十七日清晨与纪畅闹闹一起去农园菜地，除草补种施肥，丰收油麦菜苋菜空心菜，黄瓜茄子辣椒西红柿。一上午辛劳而又快乐。

苗壮务须除恶草，果丰定得理芽杈。
祖孙三代同挥汗，喜采椒茄乐摘瓜。

自注：

苗，指叶菜；果，指果菜。

二〇一五年六月二十八日晨于北京百旺家苑乐斋

捣练子　晨读

庭院静，绿窗开，一抹清凉细细来。布谷几声疑唤我，卷香书气漫盈怀。

二〇一五年六月二十九日清晨于北京百旺家苑乐斋

七绝 舟游白洋淀

苇绿波鲜云水平，荷依芦荡碧盈盈。
欲寻燕赵悲歌士，笑脸商家桂棹轻。

自注：

南朝江淹《诣建平王上书》：『燕赵悲歌之士。』唐钱起《逢侠者》：『燕赵悲歌士，相逢剧孟家。』

二〇一五年七月七日午后于舟游白洋淀途中

减字木兰花　登司马台长城

雄关峻岭，势向高天争欲竞。攀险登临，
雨后微阳照古今。
京师锁钥，时过境迁安落寞。白水青山，
莽莽苍苍共我闲。

二〇一五年七月十七日午后于京郊古北口

七绝　集名人句

华胥梦断人何处，乐事回头一笑空。
细数落花因坐久，乱云飞渡仍从容。

自注：

四句依次集自苏轼《桃源忆故人》、《采桑子》，王安石《北山》，毛泽东《为李进同志题所摄庐山仙人洞照》。

二〇一五年七月二十日晨于北京百旺家苑乐斋

鹧鸪天　古琴雅集

昨日亲友数人雅集『七九八』山水居，席间纪畅、其师洪云霞、小友王建等，古琴弹奏《平沙落雁》《欸乃》《潇湘水云》，琴箫合奏《阳关三叠》《渔樵问答》等名曲，令人陶醉，当绕梁三日矣！

绰注吟猱飞指功，云舒雨急水淙淙。祛邪荡浊清波漾，气爽神凝万壑松。

吟太白，念苏翁，如今魂梦与谁同？竹箫一管悠悠起，情入丝弦痴醉中。

自注：

唐李白《听蜀僧濬弹琴》：『为我一挥手，如听万壑松。』

二〇一五年七月二十三日清晨于北京百旺家苑乐斋

忆秦娥　溽暑

三伏热，连阴湿闷今尤烈。今尤烈，云沉气戾，好风停歇。

苍天无奈难关切，闭门老伴相怡悦。相怡悦，轻茶淡饭，绿肥红叠。

自注：

今年公历七月十三日（农历五月二十八）数伏。

二〇一五年七月二十八日午后于北京百旺家苑乐斋

浣溪沙 访兴山新城

藏在深山人气稠，一溪波碧映高楼。翠峰环抱小城幽。

大义昭君荣故里，腾飞兴发济民求。风清气爽水长流。

自注：

兴山新城，因三峡大坝建设兴山县城迁建于香溪河畔之古夫，二〇〇二年竣工。兴发集团，系兴山县办国有企业，二〇一四年销售额二百六十二亿元，跻身二〇一五年中国企业五百强（排序四百九十七位），实乃惊人业绩！

二〇一五年八月二日午后于神农架木鱼镇

七绝　游神农架迷人垱

澎湃群山映日辉，翠峰头上乱云飞。
浪翻竹海冲天去，盈耳松涛醉我归。

二〇一五年八月四日晨于神农架神农酒店

唐多令　全家夜步神农路

天朗气凉清，全家夜步行。叹稀奇、悦目繁星。油路空空林密密，歌声起，笑声盈。

山野有神灵，人来心自平。已全然、化外风情。细数浮生人醒悟，天伦乐，大山迎。

二〇一五年八月四日下午于神农架神农酒店

七绝　神农架冷杉

体强枝健一从容，端直亭亭万绿丛。
雨雪风霜冷然对，高山坚守卫神农。

二〇一五年八月七日晨于神农架神农酒店

七律　游香溪源

一碧长空万象明，深山秀谷绿盈盈。
高川飞激千堆雪，涌水奔飘百丈绫。
乱石清流相伴侣，断崖绝壁互逢迎。
攀援栈道连佳景，健步心和万籁鸣。

二〇一五年八月七日傍晚于神农架神农酒店

水龙吟　猇亭怀古

八月十日上午，应姜公柞正邀约，偕祖英与宜昌一众文人雅士同游猇亭古战场。

登临漫对风云，群山万壑荆门赴。虎牙滩外，束流奔涌，大江东去。遥想当年，金戈铁马，楼船樯橹；叹连营百里，功亏一怒，冲天火，齐天苦。

征战何由千古？望苍茫、孙刘何处？惟今你我，楼头阁下，漫吟李杜。故往何堪，成王败寇，几曾民主？老乎兮，峭壁悬崖栈道，应轻轻步。

自注：

杜甫《咏怀古迹五首·其三》：『群山万壑赴荆门』。

二〇一五年八月十三日午前于北京百旺家苑乐斋

五古　清道老妪

肩挎铁簸箕，手把竹扫帚。
满脸汗浸浸，皱纹拥笑口。

二〇一五年八月二十一日晨口占于颐和园

风入松　抗日战争胜利七十年

当年浴血战疆场，烈火遍城乡。大刀砍向东洋寇，山河碎、恨满胸膛。聚力无分南北，挥拳全是金刚。

家仇国恨岂能忘？铭记更图强。峥嵘岁月江山秀，喜如今、多难兴邦。警望东西狼虎，铮铮不负炎黄！

二〇一五年八月二十三日晨于北京百旺家苑乐斋

采桑子 新编商业经济学定稿

胸中自有灵犀在，笔下风流。纸上风流，
师友音容岁月稠。
手抚书稿临窗立，时已金秋。又是金秋，
目尽青天任自由。

二〇一五年九月十二日午前于北京百旺家苑乐斋

满江红　秋游颐和园西堤

时届秋分，便无限、爽凉清域。欣养眼、一湖波淼，一湾芦荻。淡定随心频拾趣，从容摇步无相逼。又亭桥、触景忆当年，心潮逸。

吾老矣，无所觅；浮世事，而今毕。念千般热闹，总归岑寂。云出无心闲自在，柳垂有意无消息。但凭栏、俯仰细吟秋，长空碧。

自注：

二〇一五年九月二十三日（农历八月十一）秋分。

二〇一五年九月二十一日午后于北京百旺家苑乐斋

诉衷情　茶舫小聚

九月二十一日上午偕祖英与一小友小聚于颐和园西堤茶舫。

湖边秋色直堪寻，逸兴铁观音。慢斟细品轻语，苦乐话知心。
叨往事，叹光阴，又秋临。此生珍贵，水远山长，岁月流金。

二〇一五年九月二十三日凌晨于北京百旺家苑乐斋

七律　有感屠呦呦获诺奖

十月五日晚，传来中国中医科学院中药研究所八十五岁高龄的女药学家屠呦呦，因七十年代初研究出抗疟特效药青蒿素，四十多年后获得今年诺贝尔医学奖的震聋发聩的消息，这是中国科学家第一次获此殊荣。

心潮激荡喜金秋，诺奖新声动九州。
久远年来期盼切，忽然一夕梦圆酬。
于无声处惊雷迅，至僻山中碧水流。
一土三无屠教授，长歌当笑上高楼。

自注：

『一土三无』，屠呦呦是中国本土培养成长起来的科学家，且无博士学位，无海外留学背景，无院士头衔，一直默默无闻于社会。

晏殊《鹊踏枝·槛菊愁烟兰泣露》：『独上高楼，望尽天涯路。』

二〇一五年十月九日晨于北京官园冶春

五古 秋池旁

荷残叶还青，芦放花方劲。

不做低头客，倾心愉倒影。

自注：

低头客，紧盯手机之『低头客』也。

二〇一五年十月十二日晨口占于颐和园耕织图

卜算子　十月二十日空航途中

霹雳炸心头，五内如汤煮。望断机窗万里晴，惟有空空处。

想后又思前，寂寞无人诉。纵是殷勤酒水红，谁解低眉苦！

自注：

霹雳，得知祖英病情严重复发之噩耗。

二〇一五年十月二十一日凌晨于重庆学豪酒店

诉衷情 凭吊钓鱼城

赴渝学术会议，昨天报到日恰逢重阳佳节，得便偕老友思维、从才及维龙、晓东等一众登高合川钓鱼山，凭吊钓鱼城。

坚岩板荡纵还横，遗垒寂无声。当年铁血鏖战，千古钓鱼城。

惊壮烈，敬豪英，浩然情。枕江雄峙，独钓中原，傲史昭今。

二〇一五年十月二十二日午后于重庆学豪酒店

临江仙　漫步新安江畔

静谧新安江水碧，一遭粉黛高低。孙王阁下染秋迟。岸边菊带，夕照惹人迷。
月白风清吟自在，从来天地无私。并肩闲步老妻怡。人生弹指，悔不早忘机！

二〇一五年十月二十六日晨于屯溪柏瑞酒店

七绝　闲话『徽州』名

『徽州』何必改『黄山』，瑰宝无端暗内斓。

谁惜千年文脉事，殷殷抱得正名还？

二〇一五年十月二十八日晚于屯溪柏瑞酒店

七绝　到『井水不犯河水』

皖南旌德县拥有一千三百年历史之朱旺村，穿村而过之朱溪临水排开九眼清水井，在河床中呈河水井水平齐而各不相扰之奇观，『井水不犯河水』之成语据说即本源于此。

一川九井互依镶，川碧井清日月长。
咫尺相邻不相犯，朱溪河上贵和祥。

二〇一五年十月二十九日下午于旌德至屯溪汽车途中

捣练子　喜闻放开二胎

在今晚话别屯溪的餐桌上，得知党的十八届五中全会决策终结独生子女政策、全面放开二胎的喜讯。

终究去，忽然来，短信风传放二胎。遥忆旧年曾奋斗，举杯全席尽开怀。

自注：

遥忆旧年：二〇〇八年三月，笔者作为全国人大代表出席十一届人大一次会议，提交《关于认真研究完善我国人口政策的建议》，并于六日下午在北京团审议政府工作报告时就立即起步放开二胎问题作了较系统发言，反响热烈。此后三年，笔者又连续三次在人大会上就此专门提交建议案。二〇〇九年四月九日《南方周末》发表题为《放开二胎刻不容缓》对笔者的访谈录，影响广泛。

二〇一五年十月二十九日晚于屯溪江心洲

忆江南　千里探望老姐家

驱车携祖英于昨日下午抵达仪征宝龙姐姐家，与老姐一家久别喜相逢。

金阳灿，笑语满堂庭。凝望白头相视久，家常不尽话安平。富贵是亲情。

二〇一五年十一月一日晚于返京高铁列车上

蝶恋花　又到手术室

又送老妻心恻恻，紧步推床，执手难时刻。忍望推床房已隔，鼻头酸涌睛眶湿。七十人生新景色，笃信韶光，你我同编织。此去归来除恶逆，并肩携手湖山客。

自注：

祖英今天上午在北大医院接受第三次手术。李元膺《洞仙歌》：『早占取韶光共追游』。

二〇一五年十一月十八日腹稿于北大医院二住院部

渔歌子 病房晴日

祖英术后已进入第六天，初显精气神！而阴霾雨雪二十多天之后的今天，老天爷终于开始放晴了。

雪霁云开正转晴，冬阳斜照满房明。言细细，步轻轻，心声嘹亮意盈盈。

二〇一五年十一月二十三日傍晚于北京九〇九路公交车上

七绝　集辛翁句

万事纷纷一笑中，只今草木忆英雄。
风流早已非畴昔，剩有西湖处士风。

自注：

依次集自宋辛弃疾《鹧鸪天·和章泉赵昌父》《浪淘沙·赋虞美人草》《满江红·暮春》《鹧鸪天·桃李漫山》。

二〇一五年十一月二十九日上午于北京百旺家苑乐斋

七律 写在结婚纪念日

今天系笔者结婚四十三周年纪念日，漫吟当年《七律·感怀寄祖英》，乃用其韵而歌之。

四十三年如电抹，当年一曲诉衷肠。
浮沉世事甜乎苦，悲喜人生慨矣慷。
携手殷勤践忧乐，并肩无愧任炎凉。
而今一梦霜发染，喜有家居茶饭香。

自注：

宋苏轼《木兰花令·次欧公西湖韵》：『佳人犹唱醉翁词，四十三年如电抹。』宋范仲淹《岳阳楼记》：『先天下之忧而忧，后天下之乐而乐』

二〇一五年十二月二日夜于北京百旺家苑乐斋

相见欢　感怀祖英七十大寿

情怀执手相牵，福无边。祷祝殷勤杯举一家圆。

淡走动，赞无用，享天年。共沐清风明月不花钱。

自注：

宋辛弃疾《临江仙·为岳母寿》：『更愿升平添喜事，大家祷祝殷勤。』　唐李白《襄阳歌》：『清风明月不用一钱买。』

二〇一五年十二月十二日于北京百旺家苑乐斋

七绝　无题

一眉新月笑寒天，静沐清光我欲仙。
无恨有知情已了，闲看竹影戏窗前。

二〇一五年十二月十七日晨于北京百旺家苑乐斋

七绝 无题

车流奔涌啸声喧，暮色迷茫未有边。
入夜清幽何处觅，华灯碍月惹人嫌。

二〇一五年十二月十八日夜于北京百旺家苑乐斋

七绝　深圳堆土滑坡惨案

人祸横来又一桩，生灵涂炭泪千行。
根由何在谁人解？徒叹新悲接旧伤。

题注：

报载，十二月二十日上午，深圳光明新区发生堆积之建筑渣土滑坡严重事故，吞没、冲毁三十三幢楼房，导致八十五人失踪；滑坡渣土覆盖三十八万平方米，厚度最高达十数米。如此闻所未闻之人祸竟发生在改革开放明星城市深圳！

二〇一五年十二月二十二日于北京百旺家苑乐斋

七绝 乙未冬至

天机升降一阳生，时序冲开数九程。
且觅幽香浓冷处，东风可待遍勾萌。

自注：

明王次回《寒词》：『个人真与梅花似，一片幽香冷处浓。』

二〇一五年十二月二十二日（冬至）夜于北京百旺家苑乐斋

五绝　雪喜

阴霾污扰久，大雪忽然来。
一夜天地白，谁家窗不开？

二〇一五年十二月二十七日晨于北京百旺家苑乐斋

江城子　再为祖英七十寿

相亲相伴更相知，草萋萋，柳依依。雨雪风霜，茹苦尽如饴。一路走来多旖旎，花好处，月明时。

劳生无悔壮心驰，未游疑，只憨痴。酒白茶红，一任说高低。携手山中寻碧水，搔白首，赏清漪。

二〇一五年十二月三十日凌晨于北京百旺家苑乐斋

五绝　题冬日十七孔桥照

冰雪卧蛟龙，湖寒静气浓。
寄情丝柳细，入画觅从容。

题注：

今日黎明时分，老同学范绎发来她昨日所摄十七孔桥照，以及老同学章鄂题此照之五绝：『云暗雾朦胧，柳丝垂玉笼。蛟龙卧冰雪，抖甲戏苍穹。』细品美妙，遂题此绝以凑趣。

二〇一六年一月二日晨吟于北京百旺家苑乐斋

好事近　冬日咏竹

倩影立寒窗，孤显一蓬苍绿。俯地仰天摇曳，奏可人心曲。

吟风弄月自矜持，亭亭脱凡俗。坚骨俏姿无改，任东西南北。

二〇一六年一月三日清晨于北京百旺家苑乐斋

摊破浣溪沙　贺永暑礁机场建成

壮美蓝天广衮洋，南沙一点建机场。永暑丰功当击楫，大文章！

踏破惊涛千里浪，神针定海国威扬。无畏东西狼虎视，自周详。

题注：

新年伊始，传来我国建成南沙永暑礁机场、民航客机校验试飞成功的喜讯，乐而调寄此令。据报道，我海军于一九八八年在永暑礁填海造地八千一百平方米；在南海主权纷争激化背景下，我国二〇一四年八月起在该礁开工填海造陆，现已造地三平方公里，并建成拥有长三千米跑道的南沙地区最大的机场。

二〇一六年一月八日午于北京百旺家苑乐斋

念奴娇　大寒山行

刺风割面，正三九天气，大寒时节。万木萧疏齐肃默，山野荒茫沉郁。旁水冰清，前坡石瘦，远外峰相叠。故人何处，旧游多少攀越。

环顾南北东西，行人未见，空谷遗孤孑。莽莽群山来共我，仔细个中怡悦。天地无私，风光有意，任尔评优劣。横斜寻去，满腔全是清冽。

二〇一六年一月十七日清晨于北京百旺家苑乐斋

七绝　集纳兰词句

一宵冷雨葬名花，一缕茶烟透碧纱。
百感都随流水去，拟凭尊酒慰年华。

题注：

严寒好读书，集纳兰性德词句成此绝。四句依次集自《摊破浣溪沙·林下荒苔道韫家》《采桑子·冷香萦遍红桥梦》《满江红·问我何心》《鹧鸪天·小构园林寂不哗》。

二〇一六年一月二十一日晨吟于北京百旺家苑乐斋

忆秦娥　冬日闲观窗外树

云天碧，疏枝横竖寒窗立。寒窗立，繁华落尽，茂丰无迹。

伸腰挥臂涵清逸，傲霜斗雪迎朝夕。迎朝夕，潜能蓄势，待春消息。

二〇一六年一月二十七日午后于北京百旺家苑乐斋

醉花阴　宾客盈门

过却大寒冬渐老，寒舍春来早。贵重一相逢，几净窗明，绿植盈盈笑。香茶细品归安好，有漫吟轻啸。莫道不消魂，乐事良辰，了矣何曾了！

二〇一六年一月三十一日夜晚于北京百旺家苑乐斋

七绝　集东坡词句

尘心消尽道心平，雪颔霜髯不自惊。
袖手何妨闲处看，也无风雨也无晴。

题注：

此绝四句依次集自宋苏轼《临江仙·我劝髯张归去好》《浣溪沙·雪颔霜髯不自惊》《沁园春·孤馆灯青》《定风波·莫听穿林打叶声》。

二〇一六年二月六日（乙未腊月二十八）晨于北京百旺家苑乐斋

七绝　圣塔拉岛

绿树红花细白沙，无尘小岛没人家。
稀奇水屋通天浪，妙绝浮潜远客夸。

二〇一六年二月十八日夜于马尔代夫圣塔拉岛十六号水屋

朝中措　浮潜马尔代夫

空航万里觅舒松，兴致一家浓。尽享浮潜奇趣，欢娱印度洋中。
彩鱼曼妙，珊瑚坚挺，一派玲珑。浪底明华丽景，神游可探龙宫。

二〇一六年二月二十日凌晨于圣塔拉岛十六号水屋

鹧鸪天 赠病中祖英

莫道颜衰鬓染霜，人生何处不昂扬！浮沉进退皆通达，春夏秋冬只往常。

临大病，共坚强。年来一路好文章。今宵已觉春风起，谈笑相逢岁月香。

二〇一六年三月三日（『九九』首日）于北京百旺家苑乐斋

七绝 和范绎《三八节有感》

本真缺失古今殇，自立回归论说忙。

且去和谐琴瑟处，人间大爱是亲娘。

题注：

六日得老同学范绎微信传来其《七绝·三八节有感》：『卑女男尊古往殇，半边天使现今忙。本真何日回归早，孝敬双亲做好娘。』当日，老同学王明兰、章鄂相继各以四句相和：『半边天女自古殇，平等之说尚未扬。我若他年为月老，男人不给配婆娘。』『自古三纲抑女殇，而今倩影内外忙。无穷才智时喷现，天地绵绵万物娘。』笔者阅后遂凑趣步范诗韵戏和之。

二〇一六年三月八日晨于北京百旺家苑乐斋

七绝　无题

冷暖自知鱼饮水，高低随意鹊翻枝。
舒筋闲目凭栏处，漫向春寒料峭时。

二〇一六年三月九日晨于北京百旺家苑乐斋

七绝　读沈士龄《长征队回忆录》

二千余里山河路，热血青春意气昂。

慷慨英姿犹在目，艰难困苦费思量。

题注： 三月十五日，收到大学同班同学沈士龄微信发来他精心写就的《北京商学院红旗长征队回忆录》，记述我们六二二一班八位同学自一九六六年十一月二十三日至一九六七年一月六日由北京徒步串联至延安的艰苦历程。半个世纪快过去了，笔者作为当年该长征队成员读罢感慨系之，因题。

二〇一六年三月十七日晨于北京百旺家苑乐斋

七绝　看电视剧《少帅》

是非成败皆公子，巧剪难将百过裁。
至死犹难归故土，孤魂远岛只堪哀。

二〇一六年三月二十四日于北京百旺家苑乐斋

七绝　春夜赏月

金轮高挂夜风平，谢却冬寒步履轻。
最喜赏心灯熄处，天然本色月华盈。

二〇一六年三月二十五日晨于北京百旺家苑乐斋

七绝　清明即事

今天周六，清晨与纪畅驱车去京西北『小毛驴市民农园』种菜。

清明时节艳阳天，花彩斑斓柳似烟。
欲问老夫何处去，桃花源里自耕田。

二〇一六年四月二日晨于京郊北清路上

念奴娇　春步西堤

今晨去颐和园，独步西堤。

又清明过，柳风软、全是清纯消息。点蕾盛花新绿渐，枝上几多生力。野鸭凌波，斜枝横水，动影摇沉寂。玉桥放眼，楼台随我闲逸。

遥想和靖当年，梅妻鹤子，自在湖山客。老境难知身远近，忘却春风词笔。淡去沧桑，只须记得，仁者当无敌。且从容步，漫将春意寻觅。

自注：

宋姜夔《暗香·旧时月色》：『何逊而今渐老，都忘却春风词笔。』《孟子·梁惠王上》：『仁者无敌。』

二〇一六年四月七日夜于北京百旺家苑乐斋

鹤冲天 寄人大七八级研究生学友

谨以此小令表达笔者对同窗们的感激和思念之情。

说学校，忆红楼，犹记苦追求。壮怀倾力大潮流，求索未曾休。

披星月，迎风雪，坎坷一腔心血。已然三十八春秋，华发五湖游。

自注： 中国人民大学一九七八级研究生全部住在红一楼。此词手机首发同级农业经济系研究生苗复春学友。

二〇一六年四月十一日上午于北京百旺家苑乐斋

七绝　无题

西园举步意难平，接续繁华是落英。
凄美缤纷愁满地，忽然布谷数声鸣。

二〇一六年四月十六日凌晨于北京百旺家苑乐斋

七绝　月下独步

银光遍地夜风轻，树影无声百态迎。
朗月疏星旧相识，同中有异乃心情。

二〇一六年四月二十日夜于北京百旺家苑乐斋

七绝　集辛翁词句之二

一榻清风方是闲，有谁来共听潺湲。
心弥万里清如水，剪烛西窗夜未阑。

自注：

依次集自辛弃疾《卜算子·百郡怯登车》《鹧鸪天·秋水长廊水石间》《哨遍·一壑自专》《鹧鸪天·剪烛西窗夜未阑》。

二〇一六年四月二十四日夜于北京百旺家苑乐斋

七绝　樱桃红了

又见枝头点点红，玲珑结对笑迎风。
谁持彩笔添颜色，总把辛勤入画中。

二〇一六年五月十一日夜于北京百旺家苑乐斋

七绝　集辛翁词句之三

剩向空山餐秀色，此生于世百无忧。
无言每觉情怀好，得似浮云也自由。

自注：

四句依次集自辛弃疾《临江仙·探梅》《鹧鸪天·登一丘一壑偶成》《鹧鸪天·木落山高一夜霜》《鹧鸪天·欲上高楼去避愁》。

二〇一六年五月二十日晨于北京百旺家苑乐斋

蝶恋花　养息颐和园

祖英大病初愈，得有今晨颐和园耕织图等景区试游。

一路欢言轻伴笑。往事悠悠，尽数随风杳。弹指光阴飞去了，而今剩有游人俏。

长堤芳林今又到。荷叶田田，贴面清风绕。水远山长绿荫罩，此身只合江湖老。

自注：

《汉乐府》：『江南可采莲，莲叶何田田。』

二〇一六年五月二十五日午后于北京百旺家苑乐斋

七绝　送向兵

今天下午宣布向兵调任劳动关系学院院长，凑四句以送行，

不忧不惧又征程，赤子情怀敢纵横。
燕雀焉知鸿鹄志，浩歌明月寄心声。

自注：

《论语·颜渊》：『君子不忧不惧。』　李白《春日醉起言志》：『浩歌待明月，曲尽已忘情。』

二〇一六年五月三十一日午后于北京百旺家苑乐斋

七绝 夜步偶得

大城光色暗星群，偏向清幽步履勤。
安得瘦山荒水野，飘飘西去若浮云。

自注：

李白《赠裴十四》句『飘若浮云且西去』。

二〇一六年六月二日夜于北京百旺家苑乐斋

调笑令　厨艺

雨后清凉。早餐罢闲步家居西园，趣而成此小令于途中。

厨艺，厨艺，全在平心静气。如今下得厨房，异趣当年庙堂。堂庙，堂庙，窗外莺歌鹊绕。

二〇一六年六月七日于北京百旺家苑

永遇乐 夏夜舒心曲

明月轻风，波光山影，无限清意。布履无尘，宽衣爽体，举步幽明里。林高地旷，虫吟鸟歇，散淡一从心底。夜茫茫、繁华尽去，满腔全是清气。

知音草木，神交星月，俯仰心如止水。不虑先贤，无思今古，浑欲临风醉。痴情犹在，书生依旧，只共山河旖旎。可堪羡、云泉倦客，有谁我比？

二〇一六年六月十六日凌晨于北京百旺家苑乐斋

七绝　无题

老来尤惜自由身，水远山长少识人。
赏月吟风茶细品，闲游书海静无尘。

二〇一六年六月十九日晨于北京百旺家苑乐斋

七律 哭开轩同志

今天上午赴八宝山灵堂告别原国家教委主任朱开轩同志。归来午不能寐，特赋此律以寄哀思。

曾经麾下廿年前，多少苍茫往事鲜。
细语筹谋时共进，瘦肩担道性弥坚。
殷勤昼夜宏图愿，严谨公私志士篇。
驾鹤如今何处去？鞠躬礼罢意绵绵。

自注：

笔者一九九六年三月调任国家教育委员会高等教育司司长，同年八月转任计划建设司司长。

二〇一六年六月二十一日午后于北京百旺家苑乐斋

七律 老矣寄友人

浮事虚名直可哀，白头戒得不徘徊。
清风好自林间出，洁水优从谷底来。
沉静空山迎远客，自由荒野晒痴才。
青松翠竹皆朋友，解得胸中万事开。

二〇一六年六月二十四日深夜于北京百旺家苑乐斋

少年游　应和曾国祥

老乡老同学老朋友曾国祥短信发来《夏日有感寄友人》，感而戏接其末句『闲云野鹤自逍遥』应和之。

闲云野鹤自逍遥，心素觅清高。寻踪五柳，漫吟太白，月下有琴箫。
夕阳闲淡青山静，好运脱尘嚣。躲却虚名，无缘富贵，千古共渔樵。

二〇一六年六月二十九日晨于北京百旺家苑乐斋

七绝　有感名校争抢高考『状元』

早已无邪不丈夫，哪家老实哪家输。
争奇斗巧心机尽，几幕荒唐紫夺朱！

二〇一六年七月二日夜于北京百旺家苑乐斋

七绝 爱莲歌

老同学苏志平、范绎、王明兰爱莲，先后经范绎发来亲力亲为之视频、照片、诗歌，只见琳琅满目，令人神清气爽，不由得想起周敦颐之《爱莲说》，特用其意赋一绝以响应诸位。

出淤不染立亭亭，不蔓不妖香远清。
住步神交凝望久，花中君子意盈盈。

二〇一六年七月三日傍晚于北京百旺家苑乐斋

七绝　时下某些电视连续剧

胡编乱造神雷剧，浅薄冗长只为钱。
低俗矫情欺万众，何由此等末流篇！

二〇一六年七月七日上午于北京百旺家苑乐斋

青玉案　家居偶得

园中喜迈悠悠步，但凝望、悄悄路。老去年华平淡度。旧踪新迹，风流闲却，满目苍苍树。

曲高应和稀今古，两鬓斑斑脱尘土。漫忆神游沉意绪，心头遗恨，胸中块垒，尽寄三山处。

二〇一六年七月十日傍晚于北京百旺家苑乐斋

浪淘沙　看《海棠依旧》

敬爱的周总理离世整整四十年了。中央电视台播放系统演绎周恩来总理光辉业绩和壮美人生的连续剧《海棠依旧》，令人感念无限、慷慨生哀！

千古几人同？伟绩丰功。大音流韵壮东风。健步英姿天下事，魅力无穷。
肃立望星空，何处周公？海棠依旧郁葱葱。不尽心潮无限意，月色溶溶。

自注：老子《道德经》：『大音希声，大象无形。』

二〇一六年七月十七日夜于北京百旺家苑乐斋

渔歌子　赞南海军演

剑影刀光掠海空，岛疆军演炮声隆。千里浪，万夫雄，国之重器有神功。

二〇一六年七月二十三日晨于北京百旺家苑乐斋

七绝　感念旧事

大学毕业距今五十年了，旧事场景又现，遂吟此绝以为纪念。

又是金蝉不倦啼，沉吟旧事到楼西。
抬头偏爱林间路，哂笑人生一梦迷。

二〇一六年八月三日晨于北京百旺家苑乐斋

捣练子　海口新居落定

迎热浪，战高温。进出长街多少门！南国安居全落定，几多汗水几多神。

题注：

老夫与祖英携纪畅滕岩于八月九日抵海口，随即孩子们冒高温酷暑购置、安装电器，办理产权证以及物业管理方面诸多事宜，并购置各种生活用品等等，花去整整三天时间终于营造出可以安居的海南新家，真乃一桩赏心乐事也！

二〇一六年八月十三日夜于海口盛达景都

七绝　赞中国乒乓球队

八月十八日上午，中国乒乓球队在里约奥运会上继先前夺得女子单打、男子单打、女子团体冠军之后，再夺男子团体冠军，以此成就了北京、伦敦、里约连续三届奥运会包揽全部四项金牌的辉煌，书写了新时期中国乒乓球队新的光荣！

英才代代群星耀，一路辉煌又一程。
彰显国魂堪国艺，无人超越是长城。

二〇一六年八月十九日午后于海口盛达景都

七绝　奥运会中荷女排半决赛

八月十九日上午，里约奥运会女排半决赛中国队以三比一战胜劲旅荷兰队，全程打得难解难分，每局胜败均仅两分之差！

惊心动魄中荷赛，巾帼英雄我女排。

对手豪强壮经典，不穷死战不登台！

二〇一六年八月十九日午后于海口盛达景都

五律 赞中国女排奥运会夺冠

里约奥运会八月二十一日上午举行女子排球决赛，一路艰难过关斩将的我中国女队继续顽强奋战，终以三比一战胜了半决赛中淘汰美国队的塞尔维亚队夺得金牌，成为我国在这届奥运会上的最大亮点，举国振奋。

少有欢心事，艰难折桂时。
顽强奋拼搏，自信勇坚持。
一日奇勋就，多年苦水滋。
伟哉郎指导，谁个不心仪？

自注：

郎指导，中国女排主教练郎平。

二〇一六年八月二十三日夜于海口盛达景都

七绝　寄送查显友

昨接显友电话，得知他调任中共北京市通州区委常委、宣传部长，今天正式前去上班；今午又罕见地接他微信传来他的诗作《离别》，不觉为之动容，感而遥有此寄。

奋斗当年岁月稠，校园无处不风流。
遥知离别今朝去，一片金霞共此秋。

二〇一六年八月二十八日晚于海口盛达景都

七绝　闻姜公柞正自宜昌迁居深圳遥有此寄

（二首）

（一）

席上几多诗与文，难分难舍意纷纷。
临窗满眼皆乡土，南北东西此地根。

（二）

离情别绪共金风，文胆诗心万里同。
莫叹大江东去水，姜公何处不奇雄！

二〇一六年八月二十八日、三十一日于海口盛达景都

七绝　遥寄华干林

昨日上午，扬州大学华干林君『我的美篇』系列微信重发五年前赏读拙作《念奴娇·梦回扬州》之《赋得深情满扬州》一文（曾发表在二〇一一年九月八日《扬州日报》），不觉心旌摇荡，感而吟此绝以寄。

又发当年赏析文，清风扑面意纷纷。
浮生老却知音在，遥望南天朵朵云。

二〇一六年八月三十一日夜于海口盛达景都

七绝　丙申中秋夜

网上笔谈同漫步，胸中澎湃大潮声。
桂华在手人何在，千里相随共月明。

二〇一六年九月十六日凌晨于北京百旺家苑乐斋

七绝 纪念汤公莎翁逝世四百周年

今年是我国汤显祖（1550–1616）、英国威廉·莎士比亚（1564–1616）两位同时代的戏剧大师、文学巨匠逝世四百周年。《光明日报》为此多次发表纪念文章等，表达对先贤的怀念，对经典的崇敬。笔者感而赋此绝。

张扬人性跨时空，文耀中西两座峰。
耳熟莎翁悲喜剧，英伦几处识汤公？

二〇一六年九月十九日午后于北京百旺家苑居所

七绝　晚步即事

已是黄昏觅自宽，寻常风景享平安。
园中遇说家贫事，新贵前头遛狗欢。

二〇一六年九月二十一日午后于北京至怀化高速列车途中

七绝　登天问台

绝壁崖台万古雄，至奇天问贯苍穹。
惊心履险登攀上，为步先贤发问中。

二〇一六年九月二十二日夜于吉首湘西民族宾馆

水调歌头　到茶峒

湘西花垣县茶峒，乃沈从文笔下之边城也。此地邻界湘黔渝，有『一脚踏三省』之说。昨日（九月二十二日，农历『秋分』）有幸到此，特填此调以记。

一览边城貌，雀跃复欢呼。神驰水秀山巧，叠翠透心舒。纵意关津古渡，遐想文风流韵，随步论诗书。莫道界三省，豪兴胜繁都。

陶令柳，子陵水，辋川图。忘形物我，尘劳

之后念陶朱。恰值秋分时节，又遇天高气爽，何必要杯壶？尽兴野荒去，谈笑有还无。

自注：

（唐）王维居辋川，自画《辋川图》。《唐朝名画录》朱景玄称该画『山谷郁盘，云水飞动，意出尘外，怪生笔端。』

二〇一六年九月二十三日午后于吉首湘西民族宾馆

七绝　与从才湘西夜话

笔者与（徐）从才君一九八一年相识于全国高校贸易经济教学研究会成立会上，此后年年有相聚。这次学术年会再聚首，屈指一算已经三十五年过去了。

三十五年一瞬间，风风雨雨是人寰。

曾经奋斗曾经梦，细说今宵对坐闲。

二〇一六年九月二十四日凌晨于吉首湘西民族宾馆

朝中措 商经三友

笔者与柳思维、徐从才二位教授是当下全国高校贸易经济教学研究会最年长的三位学者。自三十五六年前以文会友以来，相识相知，志同道合，在商业经济学术领域内不改初衷，共同耕耘，合作呼应，互帮互助，友情弥深，感情笃实，实为难得之真朋友；这次又在湘西共襄本届学术年会，感而在返京途中填是词以歌之。

商经学界筑高台，三友并肩来。奋起于无声处，曾经多少欢哀！

杏坛慷慨，文章意气，赤子情怀。性静高

山流水，心清雾散云开。

二〇一六年九月二十四日午后于怀化至北京高速列车上

唐多令　偕祖英秋园漫步

金色染枝头，新晴爱赏秋。步从容、闲过西楼。难得天高云淡日，弯弯路，树幽幽。

人老别无求，安康余事休。最堪豪、携手贤俦。饱览满园清秀爽，并肩走，意悠悠。

二〇一六年十月十三日午后于北京百旺家苑乐斋

阮郎归　一腔凄苦

阴霾频起晚秋时，车途冷雨凄。可怜谁料再求医？一腔苦味弥。心忐忑，痛难支，灯明入夜迟。卧床反侧又披衣，吉人好运期。

附记：

今天上午八时十分至十时，北大医院外科汪主任向赶来他办公室的笔者和纪畅坦陈了祖英的严重病情，我有如五雷轰顶，不觉潸然而泪下。在讨论治疗方案后，我们痛苦地在淅淅沥沥晚秋冷雨中回到家中。祖英同意准备再次住院治疗。下午，她平静地看电视、玩电子游戏，突然笑着对我说：『看来我们在一起的时间不长了！』我心如刀绞，但温和又坚决地打断了她：『你说什么啊！』

二〇一六年十月二十一日深夜于北京百旺家苑

七律　再寄姜柞正

原拟应邀今日赴宜昌参加姜公柞正迁居雅集，无奈因故不能前往，特赋此律遥寄以谢。

当年漫论火盆边，一梦依稀四十年。
遍踏青山人已老，酣游书海笔犹鲜。
诗吟聚散如今事，杯举张弛未了篇。
谈笑东西南北去，心田千里共婵娟。

二〇一六年十月二十三日夜晚于北京百旺家苑乐斋

七绝　接至立同志赠书

十月二十日请蒋利华自中南海取回至立同志签赠《陈至立教育文集》，感而赋此绝。

如沐春风暖意流，风云往事涌心头。
临窗开卷生豪迈，奋斗当年好范畴。

二〇一六年十月二十四日于北京百旺家苑乐斋

七绝　在祖英病房

寒来暑往任阴晴，漫道雄关一路行。
执手温言微一笑，灵犀一点一身轻。

二〇一六年十月二十八日午后于北京北大医院二住院部

七绝　丙申年生日暖寿面

明日是老夫生日。按家乡习俗，今天『暖寿』，祖英在病中坚持亲自下厨房为我烹调午餐『暖寿面』。

老妻亲自下厨房，热气腾腾寿面汤。
拼却病身无限意，红红火火透心香。

自注：

祖英说，鸡蛋西红柿面，寓意红红火火。按：令笔者极感伤心的是，想不到这竟成了祖英生前为笔者的最后一次烹调之作。

二〇一六年十一月二日午后于北京百旺家苑乐斋

七绝　赠陈承真

曾经实事几多难，每忆当年共笑颜。
高铁风驰五千里，承真友爱漫燕山。

自注：

陈承真在退休前于十一月十二日从广州乘高铁专程来京看望我和夫人，当晚相见，忆往事，说当今，感慨万端。陈曾任广东省教委计划财务处长，后任广东财经大学党委副书记兼纪委书记。

二〇一六年十一月十三日夜晚于北京百旺家苑乐斋

南歌子　超级月亮夜

硕大银盘挂，幽深碧宇开。欢呼今日净无霾。无限清辉无价沐吾怀。

水上空明阁，山边隐逸斋。神驰意往子陵台。遥想横江鹤影自东来。

题注：

媒体介绍，十一月十四日（丙申年十月十五）的月亮，是一九四八年以来距离地球最近的一次满月，看起来比平常的满月大百分之十四，亮百分之三十，人称『超级满月』。此后，或要等到二〇三四年才能又看到如此盛景。是夜，笔者偕祖英在家居楼前共赏此轮超乎平常的明月（按：这是祖英生前最后一次与笔者在户外并肩赏景）。

二〇一六年十一月十五日晨于北京百旺家苑乐斋

七绝　送病中祖英

初心不改共坚持，力起沉疴只待时。
橘井流芳天佑我，弄孙指日待归期。

二〇一六年十一月二十六日凌晨于北京百旺家苑乐斋

江城子　与祖英病房话当年

病房细语说当年。任方圆，苦还甜。赏岭观山，谈笑大江边。如火青春今又忆，心共热，手相牵。

走来一路意绵绵。旧时弦，韵常鲜。无悔今生，大爱水连天。你我心神安定处，明月下，竹林前。

二〇一六年十一月二十九日子夜时分于北京百旺家苑乐斋

七绝　重温旧句

今天在祖英病床前共同重温笔者有关自家的部分诗词，以纪念我们结婚四十四周年。

重温旧句溢馨香，疏爽低回兴味长。
一笑明眸惟幸福，而今携手共坚强。

二〇一六年十二月二日夜晚于北京百旺家苑乐斋

鹤冲天　月夜思念

寒意重，月清明。无语对光盈。欲将心里话全倾，孤坐有谁听？

抬望眼，纷纷念。寂寞夜幽空远。想来今夜睡安宁，明日又相迎。

题注： 祖英因病住院，前天（十二月十二日）是她七十一周岁生日，特提前一天于十一日（星期日）请假回家与一大家人欢度五小时；昨晚十五月圆，笔者久久不能入睡。

二〇一六年十二月十四日清晨于北京百旺家苑乐斋

七绝　席后送叶峰

苏州叶峰等三人来京于今晚与我和刘向兵等小聚，谈及当年共同建设苏州高教园区人大校区之奋斗往事，不由感慨万端。

十下江南独墅湖，当年奋斗绘宏图。
书生意气尤金贵，你我如今说紫朱。

二〇一六年十二月二十四日夜于北京百旺家苑乐斋

临江仙　苦熬冬夜

十二月二十七日祖英将接受第四次手术。多么纠结而艰难的决定！

门外风寒冰冻，堂轩旧貌陈踪。窗帘垂静
座前空。几声长叹息，无语对朦胧。
今夜心安何处？神伤天命无公。此生又在
苦熬中。孤灯人不寐，起坐觅从容。

二〇一六年十二月二十六日凌晨于北京百旺家苑乐斋

永遇乐　读祖英『病中吟』

祖英十二月二十七日手术后，于二十八日上午在重症监护室完成腹稿『四十四年同甘苦』诗，全家为之振奋！为夫者我感慨之余特用其仄韵填是词以相唱和。

年月如诗，人生如画，心曲高奏。水远山高，寒来暑往，一路同携手。悲欢忧乐，酸甜苦辣，共赴雨狂风骤。想平生、辛勤事业，几曾落在人后！

多亏有你，平常家道，赢得花团锦绣。四

壁生辉，一堂慈孝，春意时时有。谐弦琴瑟，相濡以沫，情似天高地厚。今生幸、贤妻内助，老天赐佑。

附：

祖英十二月二十八日诗：『四十四载同甘苦，悠悠往事堪回首。夫君竭能忙公事，老妻自嘲功半头。一对千金家道红，两个外孙争学优。家慈亲家嘉德厚，至亲挚友情意稠。无愧无悔三代乐，举家和谐人慕求。功过是非任评说，我要驾鹤西去游。』（二〇一七年二月十四日她调整充实了『家慈』句下四句。）

二〇一六年十二月三十一日凌晨于北京百旺家苑乐斋

五律 元旦读《元日感怀寄纪校长》寄干林

漫游三万里，六十正当年。
南北文思涌，东西妙笔鲜。
江山题胜景，今古咏名篇。
潇洒文人事，林舟抱月眠。

题注：元旦清晨喜收华干林君手机发来：『元日感怀寄纪校长一哂：回首一年事，平凡复觉空。体虚力已衰，强逞志难雄。潦草千行字，快哉万里风。应知花甲满，无复计成功。』笔者半小时许即复此诗。

二〇一七年一月一日清晨于北京百旺家苑乐斋

捣练子　寒冬中的蔷薇

超寂寞，满风尘。落拓荒园自在身。憔悴

傲霜依旧绿，一篱闲处待来春。

二〇一七年一月四日晨于北京百旺家苑乐斋

七绝　霾散了

便鞋皮帽羽绒装，紧出家门悦目忙。
疏朗山林霾隐迹，寒空一碧笑斜阳。

二〇一七年一月八日下午于北京百旺家苑乐斋

虞美人　祖英病房话宜昌

险峰缓岭清溪水，人在山乡醉。床前把手话当年，犹记七山二水一分田。青春意气英姿俏，往事知多少！宜昌情结暖心头，又现千山万壑大江流。

题注：

祖英和笔者的青春年华都献给了当年宜昌县『七山二水一分田』的山山水水。

二〇一七年一月十九日凌晨于北京百旺家苑乐斋

七律 拜祭冯其庸先生

一代文史艺术大家冯其庸先生一月二十二日安详驾鹤西去。今天上午，我们一行四人驱车专程前往通州张家湾冯府『瓜饭楼』拜祭。冯夫人夏菉涓老师反复对我说：『老冯一直惦念你！』我以『坎坷人生，辉煌人生，圆满人生』概括冯老一生，夏老师及其在场的二女儿皆深以为然。近十年来笔者因创办人大国学院一直与冯老颇多交往，多次登门求教长谈，受益良多，敬仰、感激、同道之情总是萦回于胸。

琢玉炼金瓜饭楼，书香剑气贯春秋。

并肩热烈人才计，促膝驰骋国学谋。
诗序洋洋情漫漫，梅图灼灼意悠悠。
水光山色先生在，星象烟云浩气留。

自注：

冯先生二〇〇七年三月为笔者《岁月诗痕》作序：《风风雨雨入长吟》。二〇一一年冯先生赠其画作《古梅图》予笔者，题字云：『闻道梅花是国芳 先生手植已成行 更看万代千秋后 国势昌隆天地香 宝成先生大教 冯其庸八十又九作』。

二〇一七年一月二十五日凌晨于北京百旺家苑乐斋

七绝 丁酉年春节和黄朴民

丁酉年元旦夜得黄朴民君《丁酉年春节口占》，忽忆李白之《春夜宴从弟桃花园序》，感而步黄诗韵和之。

风风雨雨又经年，天地不仁愁伴眠。
若梦浮生欢有几，雅怀佳咏羽觞前。

附：

黄诗《丁酉年春节口占》：等闲回首又一年，风雨如晦我独眠。人事都随流光老，远山依旧到眼前。

二〇一七年一月二十八日（大年初一）夜于北京百旺家苑乐斋

水调歌头　冬日徐步

步下台阶路，已见远山迎。舒胸极目遥眺，难得朗空晴。一任路车呼啸，我自神交草木，悠缓走还停。寒意迎风重，步履掉头轻。

潜思涌，眼眶湿，叹零丁。老来何事憔悴，苦运饱曾经。已是金鸡报晓，时序转轮丁酉，过客是光阴。万物致虚处，守静即安宁。

自注：

（唐）李白《春夜宴从弟桃花园序》：『夫天地者，万物之逆旅也；光阴者，百代之过客也。』《老子》第十六章：『致虚极也；守静笃也。』

二〇一七年一月三十一日夜晚于北京百旺家苑乐斋

采桑子　又听校歌

一月三十一日起网上流传《各版本人民大学校歌（二〇〇七年笔者作词，印青作曲）合集》。向兵昨天微信转来，感而填此小令。

阳刚正气生豪迈，雄壮歌喉，热血心头，
赤子情怀丽九州。
十年传唱新常在，兀自风流，浸润春秋，
满眼风光明德楼。

二〇一七年二月二日晨于北京百旺家苑乐斋

七绝　寒

一纸万钧人欲瘫，愁思无限傻凭栏。
天风凛冽沉沉夜，呼啸林梢阵阵寒。

自注：

二月六日（正月初十）午后，我们痛苦地在北大医院签领了『患者病情危重通知书』。

二〇一七年二月九日凌晨于北京百旺家苑乐斋

七绝　丁酉上元夜思念病房中的祖英

独步西园旧迹中，此心律动共君同。
一轮丁酉初圆月，忍对形单白发翁！

二〇一七年二月十一日（丁酉年元宵节）深夜于北京百旺家苑

摊破浣溪纱 亲友探望病中祖英

祖英此次住院治疗至今三个月来，京内外至亲好友同事学生不断到医院探望，感而填此调以谢。

一束鲜花病榻前，笑随人到话音甜。一脸阳光轻问候，意拳拳。

拉手今朝能起步，问言昨夜可安眠。目不转睛叮嘱语，意绵绵。

二〇一七年二月十九日夜晚于北京百旺家苑

敬斋

当代古典体诗词丛刊

歲月詩痕

（第三集）

下

纪宝成 著

岳麓書社·长沙

七绝　祖英探家

祖英病体沉重，咫尺艰难，仍于昨天（正月廿八）十点五十分至十三点五十分探家三小时，满足了『回家看看』的强烈愿望，说『心里踏实了』。临到出家门，她叮嘱我『好好保重自己』。

拼将余力奋还家，只为亲情气自华。
临别一声『多保重』，我心滴血泪噙花。

二〇一七年二月二十五日凌晨于北京百旺家苑

七绝 共享春光第一枝

昨日漫步居家小区之西园，忽然发现迎春花花开几点，连忙举手机拍照，并微信传给在医院陪床的春儿与其母亲祖英共享。

惊喜枝头几点黄，迎春花笑亮堂堂。
举机摘取春意闹，微信一帧愉病房。

二〇一七年三月五日凌晨于北京百旺家苑乐斋

七绝　苦绝无奈

无奈衰颜病体沉，可怜无计送佳音。
无言执手慰笑脸，哀绝眼神锥我心。

二〇一七年三月三日晨于北京百旺家苑乐斋

浪淘沙 心下空空

祖英病情危重，我心滴血。

心下只空空，不觉春风。迷离泪眼对苍穹。无有目标盲步走，何处花红？
无计对汹汹，手足无从。伤心泣血苦熬中。可怜可叹明月夜，步有谁同？

二〇一七年三月十二日（夏历二月十五）晨于北京百旺家苑

忆秦娥　痛失祖英

爱妻祖英于二〇一七年三月十八日二十时二十五分在北大医院二住院部驾鹤仙逝，与我们永别。

心撕裂，肝肠寸断阴阳别。阴阳别，苍天垂泪，子规啼血。

空房起坐形孤孑，音容笑貌今生绝。今生绝，凄凉四顾，一腔悲切。

自注：

苍天垂泪，二十日在昌平殡仪馆举行告别仪式，久旱的京城纷纷扬扬地下起了今年第一场春雨。

二〇一七年三月二十一日泣写于北京百旺家苑家中

一剪梅　祖英仙逝『头七』祭

今天是祖英仙逝第七天，雨夹雪天气，我和女儿女婿们在家中、到天寿陵园一日三祭拜。

泪眼矇眬耳不闻。注目遗容，几炷香焚。
长躬不起泣无声：何处伊人？何处芳魂？
岂敢蹉跎轻负春。默诵懿行，感念慈恩。
一行柳色淡如烟，雨雪纷纷，意绪纷纷。

二〇一七年三月二十四日夜晚于北京百旺家苑家中

七律　怀念祖英

泪洒春风念祖英，一生奋斗向光明。
办公理事宽还透，厨艺女红巧亦精。
豁达能容五湖水，辛劳常赋大山情。
笑声朗朗今何在，满院鲜花扑面迎。

二〇一七年三月三十日晨于北京百旺家苑家中

卜算子　丁酉春孤步西堤

今天是祖英仙逝『二七』日，天气晴好。笔者一早就来到颐和园，循着过去与祖英多次游颐和园之路线，先步西堤，再到耕织图，此处延赏斋回廊是祖英生前最后一次与笔者共游颐和园早餐歇息处。如今景物依旧，祖英已去，感伤不已！

新绿漫西堤，孤独轻轻步。遥想双双笑语时，寂寞留踪处。
碧水动微波，注目心无主。忽有枝头鸟雀鸣，抬眼春光路。

二〇一七年三月三十一日上午于颐和园耕织图景区

蝶恋花　丁酉清明日

云暗长空风瑟瑟。格外伤怀，丁酉清明日。拜祭灵堂悲两隔，无言泪洒春衫湿。

新绿盈窗争欲入。疑似魂归，可是仙家客？场景依旧纷闪失，何人慰我心安适！

二〇一七年四月四日（清明）夜于北京百旺家苑家中

七绝　丁酉仲春赏丁香

紫、白丁香花香气馥郁而形不娇艳，是祖英生前最喜爱的花之一。

斯人已去又花期，犹记年年共赏时。
笑貌音容今不再，芳华万点共相思。

二〇一七年四月七日（祖英仙逝『三七』日）晨于北京百旺家苑

七绝　长渠桥上

桥下横波碧闪光，凝眉傻眼锁前方。
哀思如水难流尽，一任杨花扑面狂。

自注：

长渠，家居旁的京密引水渠。

二〇一七年四月十一日上午于三八四路公交车上

诉衷情　老伴在何方

当年笑语沐春光，共话柳丝长。如今新绿还是，老伴在何方？

人寂寞，早风凉，动愁肠。耳中《梁祝》，孤坐沉心，有泪盈眶。

二〇一七年四月十三日（祖英『四七祭』前日）上午于颐和园耕织图景区延赏斋回廊（祖英生前最后一次与余共游颐和园早餐歇息处）

七律　怀念祖英（之二）

一身正气伴慈容，赏尽人生五味浓。
洒脱亲和情满腹，顽强坚韧善盈胸。
宽宏气度经风雨，饱满精神任夏冬。
水远山高人已去，朗朗笑声在云峰。

二〇一七年四月十七日下午于北京百旺家苑家中

七律　怀念祖英（之三）

今天是祖英仙逝『五七』日，上午九时将在南口天寿园举行葬礼。

落花时节眼朦胧，似梦还真只觉空。
晨起犹闻睡安好，晚来常念步闲同。
无忘美食餐餐味，更忆知音句句通。
抬眼青山松柏翠，笑声朗朗在心中。

二〇一七年四月二十一日清晨于北京百旺家苑家中

七绝 花开紫穗槐

去年晚春，笔者与祖英在家居楼前绿地共同栽种了一株祖英喜爱的、拥有连理双枝的紫穗槐，今天散步中发现它开始挂穗放花了。

挥锹动土笑颜开，手植门前紫穗槐。
你我一桩欢乐事，初花最盼祖英来。

二〇一七年四月二十二日午后于北京百旺家苑家中

七律　怀念祖英（之四）

激愤曾经共锁眉，无端风雨费神思。
何来竟有忠腔痛，最是难堪赤胆疑。
命矣时也无所是，天乎人耶有其宜。
笑声朗朗常盈耳，欲唤陶苏共墨篱。

二〇一七年四月二十八日（祖英仙逝『六七』日）晨
于北京百旺家苑家中

七律　怀念祖英（之五）

大江一线结宜扬，相敬如宾一世长。
风雨艰辛同与共，家常幸福厚尤香。
此生有你何其幸，今日无君怎样伤！
不朽音容永相伴，笑声朗朗满厅堂。

自注：

结宜扬，祖英乃湖北宜昌市人，笔者家乡则在江苏扬州市瓜洲镇境，两人都成长在长江边。

二〇一七年四月三十日下午于北京百旺家苑家中

七绝　蔷薇花开

又到蔷薇靓景时，粉红翠绿满栅篱。
清幽小院今又是，兴味谁人再诵诗？

自注：

笔者就吾家小院写过多首小诗，每次写就祖英都会朗诵品评，尤喜笔者写于二〇一二年五月的《七绝·居家偶题》：『蔷薇月季满篱花，小院清幽是我家。不看宫廷千古剧，一壶自在话桑麻。』

二〇一七年五月三日下午于北京百旺家苑家中

阮郎归　园中祭

五月五日是祖英仙逝『七七』祭日，按北京习俗治丧期到此结束，而笔者对祖英的思念则是永无绝期。

蔷薇花盛满栅篱，仙家必晓知。并肩偕我共心怡，怦然意绪驰。

风细细，柳依依，望中芳草萋。绿阴深处子规啼，仰天泪眼迷。

二〇一七年五月五日凌晨于北京百旺家苑家中

七绝　初读杨玲玲《岁月沉香》

痴迷特别铸奇才，满眼珠玑锦绣怀。
岁月沉香香几许，瑶池玉液窖藏开。

二〇一七年五月九日上午于北京百旺家苑乐斋

临江仙　仪征天宁寺残塔

无有飞檐楼阁，赤身憔悴苍颜。千年名刹百年残。命中人祸火，缘尽佛家山。一任雨霜风雪，随他沧海桑田。孤高无语对悲欢。庄严凝望远，峭拔入云端。

自注：

仪征天宁寺塔建于唐代景龙三年（709年），明代洪武四年（1371年）重建，清代光绪三年（1877年）遭大火焚烧，仅存塔身。该塔原系正八面七层砖木混合楼阁式，外部层层有回廊，内部为正四方形暗八层，层层收缩，交错上升，气势雄壮，形制颇为罕见。

二〇一七年五月十六日夜晚于仪征汉庭酒店

巫山一段云　亲情

五月十日从北京回到故乡宝龙家姐家，七天来全部沉浸在浓郁的亲情之中。『外出散心』首先到姐姐家，也是祖英病危时两次叮嘱于我的。

观赏龙舟赛，寻芳芍药园。水光山色竹林边，到处是新鲜。
家宴亲情满，长谈甜意绵。此生姐弟命依连，大义薄云天。

二〇一七年五月十七日晨于仪征

忆江南　访邵伯

江都邵伯是笔者的出生地，五月十八日偕友人到访寻觅旧踪。

寻邵伯，何处旧家门？石板长街人有意，
邗沟故道水无纹。心下淡还醇。

二〇一七年五月十九日晨于扬州街南书屋

唐多令 欢会老同学

五月十二与十六日，笔者两次应邀与仪征县中一九五六级初中、一九五九级高中同班或同级的朱志村、时文焕、崔学良等七位老同学欢聚，畅叙离情，感慨万端。

随愿到乡关，老来相见欢。六十年、弹指声间。仔细盯看他你我，说未变，笑苍颜。回首莫凭栏，几多山外山！叹人生、苦辣甜酸。岁月如歌歌似酒，悠悠品，养心闲。

二〇一七年五月二十日午前定稿于扬州街南书屋

七绝　到霸王祠

卅一响钟浑厚音，乌江遗事撼人心。
穷途不减英雄烈，抛首留骓壮古今。

自注：

霸王祠园建有三十一响钟亭，喻项羽自刎乌江时年仅三十一岁。

二〇一七年五月二十二日午前于乌江返南京车行途中

七绝 拜谒南京佛顶宫

佛顶精宫连广宇，庄严神圣世无同。

慈航普渡今何是？净土人间在个中。

自注：

世无同：世间仅见之佛祖释迦牟尼头顶骨舍利供奉于此宫中。

二〇一七年五月二十二日黄昏口占于南京牛首山至天目湖车行途中

朝中措　又到平山堂

丁酉四月二十五（公历五月二十日）下午，笔者与扬州友人华干林君再度共游平山堂，一路文情诗韵，至今依然漾于心中。

蜀冈翠色古今同，拾级静幽中。驻足平山堂口，漫吟杨柳春风。

遗音隽永，风流宛在，修竹苍松。眼外青山碧水，心头两位仙翁。

二〇一七年五月二十四日清晨于南京金陵江滨酒店

七绝　苏州紫金庵

一殿一堂山野间，藏留国宝势非凡。
呼之欲活宋泥塑，妙绝神州敢领衔。

二〇一七年五月二十八日上午于苏州至杭州汽车途中

五绝　醉景

青山环碧水，绿树绕芳庭。
人醉斜阳里，悠然入画屏。

二〇一七年五月二十九日傍晚于绍兴会稽山阳明酒店

好事近 又到沈园

端午到名园，别有一番心曲。老井古池闲阁，料不知孤独。

千年百代说风流，谁个定荣辱？太息掩哀离索，伴亭台林木。

二〇一七年五月三十日（丁酉端午）夜于绍兴会稽山阳明酒店

满江红　到诸暨西施故里

勾践夫差，千古事、浣纱交集。精选美、祸吴扶越，艺才横溢。莫说红颜全误国，两情或可怡还壹。圣人曰、祸福两相依，谁能易？

飘然去，归隐逸；山水远，无踪迹。笑甜心传说，似花如蜜。漫对苎萝沉意绪，仰观殿宇潜声息。倚栏眺、清静浣纱江，粼粼碧。

二〇一七年六月一日晨于杭州柏悦酒店

七绝 又到岳王庙

自古功高遭难多，英雄平反又如何？
正邪颠倒风波恶，从此忠奸费琢磨。

二〇一七年六月二日午后于杭州

七绝　香山师生游

清新雨后复斜阳，一路鸟鸣花木香。

笑语松间留合影，根深叶茂共昂扬。

二〇一七年六月六日夜于百旺家苑乐斋

七绝　无边夜色

祖英离我而去到今天已是第八十三天了。

无边夜色映天光，人静风轻草木香。
长叹一声谁共我，举头明月话凄凉。

二〇一七年六月八日（夏历五月十四）夜晚于北京百旺家苑西园

七绝　讨论学术论文

埋头学术自堂皇，精准推敲论短长。
隐隐胸中云浪涌，书生意气是文章。

二〇一七年六月九日晨于北京百旺家苑乐斋

七律 怀念祖英（之六）

祖英离我而去到今天整整三个月了，但她的种种形象包括她晚年家居生活的点点滴滴永远活在我的心中。

老来尤乐家居事，里手行家样样能。
满屋温馨倾仔细，三餐美味总持恒。
开心一刻连连看，得意之时级级升。
最是弄孙挥手赌，笑声朗朗一堂腾。

自注：

连连看，一种网上游戏。级级升，指用扑克牌『打升级』。

挥手赌，指玩『石头剪刀布』游戏。

二〇一七年六月十八日凌晨于北京百旺家苑家中

鹧鸪天　祖英仙逝百日悼

百日天人各一方，一春一夏泡凄凉。苍颜明月辛酸久，泪眼东风苦痛长。思往事，想平常，曾经多少好时光！孤身独坐残阳里，旧景殷勤人断肠。

二〇一七年六月二十五日晨于北京百旺家苑家中

江城子　友情金不换

近日，老同事、老同学、老部下、老学生等不约而同地先后邀我相聚，其意旨均为慰安笔者，遂感而填此词以为谢。

劫波度却喜相逢。爽凉风，晚霞红。南北东西，多少话题同。讲到开怀亢奋处，头一仰，酒杯空。

白驹过隙太匆匆。醉奇雄，叹朦懵。烟敛云收，淡泊觅从容。纯朴友情金不换，山复水，夏还冬。

二〇一七年六月二十九日夜晚于北京百旺家苑乐斋

七绝　朝露

晶莹散落绿茵间，不识东风自在闲。
无欲无求时运短，却留璀璨在人寰。

二〇一七年七月三日晨于北京百旺家苑乐斋

五绝　雨后凝望

大雨洗幽燕，生机万物鲜。
故人何所在？一望绿无边。

二〇一七年七月七日晨于北京百旺家苑西园

水调歌头　家居念祖英

七月十五日是祖英谢世之第一百二十天，加上住医院的一百二十天，她不在家中生活几已八个月之久了。

大雨洗苍翠，湿热闷愁还。空空习以为常，音响解孤单。如泣红楼宝黛，如诉禅林云水，向壁漫心酸。扶案共谁说？一步一泫然。

伤往事，凝遗照，默无言。万千思绪喷涌，甘苦一番番。忽念苏翁悼弗，又记哀卢性德，伴久更何堪！天色还如晦，满耳是鸣蝉。

自注：

如泣、如诉句：洞箫曲《枉凝眉》，古筝曲《深山禅林（云水禅心）》。

二〇一七年七月十六日晨于北京百旺家苑家中

七绝　《历代词选》事

开卷浑如入翠微，奇花多少竞芳菲！
古人不见神情在，欲揽千年好梦归。

二〇一七年七月十九日午后于北京百旺家苑乐斋

七绝　清风一缕

清风一缕忽然来，难得稍将湿热排。
早已心田皆绿翠，云昏雨暗自开怀。

二〇一七年七月二十一日午后于北京百旺家苑西园

七绝 正山堂赞

正气清香亮异红，山高水远八方通。
堂前茶道翻新韵，醇厚武夷苍翠中。

二〇一七年七月二十三日夜晚于武夷桐木村

水龙吟　铅山访辛

古今豪迈盈怀，稼轩老矣依然美。不曾理得，求田问舍，莼汤鲈脍。独也开怀，晨风暮月，园林山水。愤平戎无望，横眉奸小，暗抛洒，英雄泪。

千里来寻故迹，到瓢泉、遗踪何示？不堪还在，忘机之问，了无人对。风雨声中，龙蛇影外，英灵归未？正消魂又见，信江流碧，共群山翠。

二〇一七年七月二十四日夜于铅山福鑫国际大酒店

采桑子　小住桐木村

重岩叠嶂清凉界，溪水潺潺，竹海斑斓，
谷险峰雄桐木关。
由来至乐闲人享，茗品名山，渔钓幽潭，
丘壑无尘静处安。

自注：

辛弃疾：《行香子·博山戏简昌父仲止》：『由来至乐，总属闲人。』

二〇一七年七月二十七日午后于武夷桐木溪畔元勋茶厂

鹤冲天　陵园看望祖英

外出归来思念祖英尤甚。今晨由纪畅陪伴驱车天寿陵园看望祖英。屈指算来祖英仙逝已一百四十天了。

沐酷暑，傲骄阳，长揖敬焚香。万般心绪共凄凉，轻语话衷肠。
松柏翠，花草瑞，伴我几行清泪。转身遥望碧空长，何处是仙乡？

二〇一七年八月四日夜晚于北京百旺家苑家中

七绝 丁酉夏夜望月

八月六日晚八点半时分在西园散步，见皓月当空，心有所动，遂口占一绝。

满天星斗神农架，皓月当空百旺园。
追昔抚今长太息，独摇芭扇寂无言。

自注：

神农架句：两年前的现在，笔者与祖英及孩子们都在神农架。

二〇一五年八月四日，笔者在神农酒店填词《唐多令·全家夜步神农路》，上半阕云：『天朗气凉清，全家夜步行。叹稀奇、悦目繁星。油路空空林密密，欢歌起，笑声盈。』

二〇一七年八月六日（丁酉闰六月十五）夜晚于百旺家苑西园

七绝 餐会老院长们

笔者在任时的一批学院院长最近陆续退出领导岗位。他们中的韩大元教授（法学院）商陈岳教授（国际关系学院），于八月二十一日晚组织了专门邀请笔者为主宾的私人餐聚，倪宁教授（新闻学院）、郭庆旺教授（财政金融学院）等老院长一并参加，刘向兵、张成福教授等也前来助兴。席间相谈甚欢，感情真挚，气氛热烈，令人难以忘怀。清晨醒来特赋一绝以谢。

回首当年苦探求，一流争创未曾休。

峥嵘岁月而今去，且共闲杯笑白头。

二〇一七年八月二十二日于北京百旺家苑乐斋

七绝　访春阴书屋

八月二十二日下午，呼延华君偕笔者并王建君驱车东郊，访春阴书屋主人、青年书家龙友，因题。

笔走龙蛇意蕴稠，珠玑满纸尽风流。
滂沱大雨天留我，荡气回肠赏不休。

二〇一七年八月二十三日晨于北京百旺家苑西园散步途中

七绝　伞下听雨

晓来擎伞雨中行，细品沙沙缓步轻。
阵阵风凉园寂寂，只闻蒋捷吐心声。

二〇一七年八月二十七日清晨于北京百旺家苑乐斋

七绝　困卧

秋窗半掩透新凉，又痛腰椎困卧床。
旧日殷勤人不在，无言叹息对空房。

二〇一七年八月三十一日夜晚于北京百旺家苑家中

七绝　丁酉中元节

今天是祖英走后的第一个中元节。清晨七时许，笔者就与孩子们一起驱车前往天寿陵园。我们在祖英墓前供上她爱吃的十六种食物拼装的六盘一杯祭品，献上两个鲜白菊为主的花篮，又一一虔敬地焚香鞠躬祭拜，并与她叙叙家常。在一步三回头离开后，又在园外指定地点烧纸钱送给祖英，我们也从中寻觅几丝慰藉。

静穆殷殷烧冥钱，凝神火焰纸灰旋。

中元首度可安好？长叹一声遥望天。

二〇一七年九月五日夜于北京百旺家苑家中

七绝　参观侵华日军七三一部队罪证遗址

人寰惨绝四方楼，魂痛神悲血海仇。
怒目衣冠禽兽恶，挥拳勿忘镇倭酋。

二〇一七年九月八日午后于哈尔滨龙唐大厦

七绝　秋夜难眠

时布阴云不爽天，中秋已近夜难眠。
又翻诗稿心头热，清泪涓涓落枕边。

二〇一七年九月十日晨于北京百旺家苑家中

七绝　重游外滩

九月十七日上午与朱新会君共游上海外滩。

高楼林立浦江边，如织游人醉眼前。
两岸风光时代异，风骚各领谐方圆。

二〇一七年九月十九日清晨于上海浦东龙东大道散步途中

七绝　访施家岙

九月二十日下午在朱新会等友人陪同下到访女子越剧诞生地嵊州施家岙。

稽山剡水育非凡，八卦门前始破关。
艺术从来无媚骨，创新厚力在民间。

自注：

八卦台门，原系陈姓私宅，三间二室二层楼房，单家独院。一九二三年，王金水与金荣水等在此开办越剧第一副科班，培养出了施银花、赵瑞花、屠杏花等第一代中国越剧名伶，开创了二十世纪初诞生的男子小歌班转化为女子越剧的新局面。八卦台门也因此成为中国越剧诞生地，现为『早期女子越剧博物馆』。

二〇一七年九月二十日晚于嵊州

七绝　到嵊州农家

独门小院大洋房，几净窗明地返光。
谈笑城乡何所异，风摇翠竹接香樟。

二〇一七年九月二十一日嵊州黄泽早餐途中

踏莎行　赞礼号邮轮上

九月二十六日中午时分，笔者偕宝龙姐立冬兄和海霞海虹两位外甥女，由纪畅张罗，一起在天津港登上美国皇家加勒比海洋赞礼号邮轮（排水量十六点七八万吨，为目前亚洲第一大邮轮），开始以日本长崎、福冈为靠岸地的五夜六天的海上行。

碧浪飞花，银舷涌翠。近观远眺全无秽。天空海阔意无如，临风合影身心醉。

总伴亲情，时有美味。平生此乐何曾会！电梯升降细观光，欢言处处安康慰。

二〇一七年九月二十七日傍晚于赞礼号邮轮上

念奴娇　邮轮观海

大洋何去？望东西南北，一无留迹。浪涌粘天天水远，上下清纯澄碧。四顾茫茫，无遮无碍，满眼迎舒适。快哉如是，任由酣畅呼吸。

我欲拍手高歌，枯肠搜尽，无曲堪当得。且共凭栏欢笑语，今夕不知何夕。莫信三山，烟波云海，心念陶朱逸。闲来闲去，只消闲处边僻。

二〇一七年十月一日清晨于海洋赞礼号邮轮一〇二五四房

七绝　无题

弯弯园道静悠长，布履宽衫气自昂。
步出红尘临妙境，定睛细细品秋黄。

二〇一七年十月三日上午九时半于百旺家苑漫步途中

七绝　丁酉中秋节

亲情佳节热浓醇，杯举心伤少一人。
最是月明清朗朗，孤窗默默苦凝神。

二〇一七年十月五日晨于百旺家苑家中

最高楼　偶感

平生路，人老贵从容。随性任西东。道途曲折山重水，人情反覆祸连凶。柳先生，林处士，更苏翁。

应料得、夜云遮旺月，又见得、晓风吹落叶。无所谓，寸心雄。鲲鹏自有扶摇力，无知蝉雀笑讥讽。古城边，长道外，晚霞红。

自注：

白居易《太行路》：『行路难，不在水，不在山，只在人情反覆间。』

二〇一七年十月八日晨于北京百旺家苑乐斋

七绝　游园偶题

一夜过来深暮秋，零星小雨送清幽。
稀疏人迹无穷妙，一步三摇漫扭头。

二〇一七年十月五日晨于百旺家苑家中

七律 十月二十三日

去年今日好时光，合影恒留笑意长。
纵是霜寒秋意劲，也还气朗菊花黄。
浓情银杏金镶玉，雅趣垂杨绿泛黄。
携手并肩难忘日，满园清爽近重阳。

自注： 去年十月二十三日上午，我与祖英并肩游百旺家苑西园，留下了她生前与我的露天中的最后一张合影。这几天我都曾去合影处回忆往事。去年今年的十月二十三日都是『霜降』日。

二〇一七年十月二十三日晨于北京百旺家苑家中

千秋岁　生日游聚百望山

十一月三日天青气朗。是日也笔者生日，一众游聚百望山。感而填此调，用郑世让先生《千秋岁·宝成先生生日》韵。

步高临远，闲看云舒卷。惊喜处，层林染。橙黄还橘绿，斑驳迷深浅。山野上，仰天大笑悲怀展。

不悔也无羡，杯举频频劝。谈往事，今谁见？老天恩赐我，网上纷纷念。何幸矣，齿坚舌软身还健。

二〇一七年十一月五日晨于北京百旺家苑乐斋

踏莎行　痛忆祖英最后住院

一年前的今天（十一月十九日），祖英病重再次住进医院，从此再也未能住回家中。想来黯然神伤，夜不能寐，遂填此词以为念。

三角梅红，榈棕树伟。优游拟把闲心醉。
轰然忽忆一年前，徜徉石道愁心碎。
禁食身伤，穷床神毁。何能忘却人间罪！
阴云连日到如今，不明明日新晴未？

二〇一七年十一月十九日凌晨于海口盛达景都怀英斋

朝中措　校友岭南欢聚

十一月二十四日起，人大九〇级『认识你真好』网群校友欢聚深圳东部华侨城，笔者有幸应邀参加。

苍山叠翠水溶溶，情满圳城东。四面八方来客，别来几度春风。
当年学子，中年意绪，依旧青葱。行乐直须无忌，开怀便是无穷。

二〇一七年十一月二十五日清晨于深圳东部华侨城

七绝　游深圳仙湖植物园

仙湖翠谷碧蓝天，郁郁葱葱满眼鲜。
留得青山珍品聚，谁人卓识在当年？

自注：

据介绍，仙湖植物园始建于一九八八年，占地八千亩，现有植物一万二千余种。目前由深圳市与中国科学院共建。为全国第二大植物园。

二〇一七年十一月二十九日夜晚于深圳至海口空航途中

七绝　梦吟

一梦依稀觅裕如，青山妩媚带湖舒。
先生未肯排云去，留得东家种树书。

自注：

今凌晨四点二十分梦中吟诗醒来，清晰记得咏辛弃疾的后二句，模糊前句。觉奇。即补句成此小诗。

二〇一七年十二月九日凌晨于海口盛达景都怀英斋

七绝 纪念祖英七十二岁诞辰

往昔生辰欢笑语，而今两隔泪纷纷。
醪糟米酒家乡味，入地清香应可闻。

二〇一七年十二月十二日下午于北京天寿陵园

七绝　岁末的思念

年届岁末，尤念祖英。

痛断肝肠一七年，沉思前事泪涟涟。

此生有你当知足，笑貌音容伴我眠。

二〇一七年十二月三十日清晨于北京百旺家苑居所

好事近 岁末迎新餐聚

三十日，为辞旧迎新，旧日同事、学生共六人来到我家中，别出心裁地自献厨艺午餐聚，餐后又热烈而温馨地品茶聊天，前后长达六小时，慰我心灵创伤之良苦用心、深厚情谊隐然其中。

把酒共迎新，一饮便无孤孑。争献自家厨艺，尽舌尖愉悦。

说南道北复东西，闲话悟圆缺。晚夜饱持余兴，赏疏枝寒月。

二〇一七年十二月三十一日清晨于北京百旺家苑乐斋

七绝　答友人

世事从来难逆料，无求无欲便无言。
高歌一曲家何处，平淡山林野水边。

二〇一八年一月二日上午于北京百旺家苑乐斋

水调歌头　有感扬州大雪

元月九日收到华干林君微信发来《水调歌头·雪后登栖灵塔》，触发灵感，遂用其调其韵相和。

艳羡家乡雪，神往蜀冈图。漫天皆白林野，极目透心舒。登览栖灵塔上，踯躅平山堂下，襟袖净清无。佳丽扬州路，素裹韵犹殊。

鲍郎叹，坡仙乐，醉翁愉。何逊今若还在，梦约绕梅徐。互咏暗香浮动，共赏横

斜疏影，何必再他途！对酌细眉月，微醉

瘦西湖。

二〇一八年一月十日下午于北京至巴黎国航航班途中

永遇乐 又到巴黎有感

万里来游，此身由己，别样心力。气爽神清，祖孙三代，一旅欢朝夕。并肩走去，欢言笑语，尽是自家声息。一挥指，洋楼西塔，尽收眼底闲逸。

公差了却，再无羁绊，一任亲情四溢。一介平民，优哉域外，往日谈何及？坦然回首，平生无悔，赢得自由呼吸。何须问、襟怀荡荡，可曾有璧？

自注：

祖孙三代，指笔者与长女纪畅、外孙滕济玮。我们一行三人于一月十日离京空航去巴黎，开启家庭赴欧『自由行』。

二〇一八年一月十三日凌晨于巴黎

调笑令　漫步威尼斯老街

新异，新异，恍惚数前世纪。石道窄巷高墙，交错纵横短长。长短，长短，多走方知圆满。

二〇一八年一月十五日中午于威尼斯雅典耀小酒店

卜算子　欧洲自由行

远去旧风云，乐访欧洲古。羁旅行程靠手机，兴味天涯处。

迈腿越关山，双脚量辛苦。一路逍遥自在行，一曲亲情赋。

二〇一八年一月十八日清晨于拉斯佩奇亚NH酒店

生查子　到庞贝

火山喷发狂，天墓名城毁。天地不仁兮，刹那文明废。

众神无奈何，上帝当疑睡。长恨锁人间，万古怜庞贝。

自注：

庞贝位于意大利南部，始建于公元前六世纪，公元七十九年九月二十四日毁于十公里外的维苏威火山大爆发，为火山灰所掩埋。时为古罗马第二大繁华城市。庞贝城在地下沉睡千余年后，一七四八年起考古发掘持续至今，街道、房屋、广场等之废墟再现于世人面前，场面壮观，令人震撼。

二〇一八年一月二十一日晚于庞贝返罗马汽车途中

七绝　血月吟

忍看冰轮异象中，蟾宫晦暗几时同？
临窗静候银盘烂，不爱光明血色红。

自注：

一月三十一日（腊月十五）晚，我国和世界多地出现百年罕见的超级红月亮，全球围观。上次出现这一天文奇观已是一百五十二年前的一八六六年的事了。

二〇一八年二月二日夜于北京百旺家苑乐斋

七律　戊戌迎春

老去逍遥自在身，无须介意树年轮。
从来后浪推前浪，自古新人换旧人。
仰盼风和千户暖，漫吟日丽五湖春。
苍颜皓首凡间路，戒得优游每每新。

二〇一八年二月十三日（丁酉年腊月二十八）凌晨于海南英州

忆江南 戊戌春节聚家海口

辞丁酉，百感浪排排。岁月悲欢皆过往，

新居三代共开怀。戊戌旺中来。

二〇一八年二月十六日（大年初一）上午于海口怀英斋

七绝　春梅

和华干林君咏梅绝句并寄

孤芳品赏任由人，野外堂前自在身。
冷静横斜桥上月，幽香暗动一湖春。

二〇一八年二月十九日（正月初四）凌晨于海口怀英斋

七绝　节后送孩子们回家

十天欢聚别清晨，寂寞孤单又笼身。
幸自胸中凝大气，清茶竹案伴闲人。

二〇一八年二月十九日（大年初四）上午于海口怀英斋

七绝　悲从中来

想到一年前的二月二十四日，病体沉重的祖英最后一次艰难地从医院『回家看看』，不觉悲从中来。

穷思卧榻一年前，默默沉沉仰望天。
泪眼模糊人不见，芊芊细雨漫无边。

二〇一八年二月二十四日夜晚于海口怀英斋

七律　祖英仙逝周年祭

夜来忆旧最难休，泪眼年轮已一周。
极痛老妻遗影像，岂悲飞将不封侯。
哀思压枕千钧苦，离恨盈胸万古愁。
纵有春风新浩荡，何曾绿染我心头！

二〇一八年三月十八日凌晨于北京百旺家苑家中

七绝　研究生同班老同学欢聚

三月十九日傍晚起，研究生同班老同学郭文轩、侯铁珊、卜妙金相约来京，与我欢聚于学校和我家中，两天来畅叙过往，感慨良多。

艰辛奋斗一篇篇，倏忽相知四十年。
无愧有忧皆本色，举杯共祝老来圆。

二〇一八年三月二十一日上午于百旺家苑乐斋

相见欢　又现高端学术论坛

三月二十五日，应邀出席在香山饭店举办的以『高质量发展』为主题的『中国产业与贸易经济前沿论坛』，并作为首位专家演讲。

老来又上高坛，正衣冠。赤子情怀依旧朗声喧。

风骨再，底功在，本来颜。自是行云流水一番番。

二〇一八年三月二十六日清晨于北京百旺家苑乐斋

七绝　拜谒李白墓

三月三十一日下午笔者由安徽繁昌赴江苏仪征途中停车拜谒李白墓，因题。

千古风流太白仙，大鹏之志最堪怜。
青山埋骨君安否？多少英雄美酒前！

二〇一八年三月三十一日夜于仪征汉庭酒店

七绝　又游瘦西湖

四月二日晨由仪征赴扬州，友人华千林徐丽桂陪同笔者又一次舟游瘦西湖，因题。

堆红摇绿满湖鲜，三月烟花别样天。
故土难离今我是，舟轻水碧笑声圆。

二〇一八年四月三日晨于仪征汉庭酒店

七绝　又是清明

昨日清明，仪征几乎全天中雨，气温则从前天的最高二十九度骤降至昨天的最高十度。怀念祖英，因题。

又是清明别样悲，雨寒云厚老天垂。
逢人都说因缘尽，泪水偏将雨水随。

二〇一八年四月六日午后于仪征汉庭酒店

七绝 玄武湖畔

四月八日傍晚时分，徐从才钱啸森李陈华陪同笔者踏青玄武湖畔，曾驻足游人视若无睹的韦庄诗碑，因题（用韦诗韵）。

碧水芳洲翠拥堤，春风依旧草萋萋。
韦庄诗刻无人会，谁叹台城柳色迷？

二〇一八年四月九日晨于南京珍宝假日酒店

七绝　游东湖绿道

四月十二日下午，陈传德周应佳张文彬骆明畅等一众老朋友，与笔者乘电瓶车共游新开辟的长达百余公里的环东湖『绿道』（汤菱线），道边秀木苍翠，道外烟波浩荡，满目清新。

浩淼东湖绿道环，满城争说尽开颜。

停车坐爱水天阔，遥指烟波接磨山。

二〇一八年四月十三日清晨于武汉东湖宾馆南山乙所

七绝　二月兰

纤弱低层二月兰，绿茵织就彩斑斓。
紫花翠叶亭亭立，静送春归自在闲。

二〇一八年四月二十三日傍晚于百旺家苑西园漫步途中

五绝　门前紫穗槐

门前紫穗槐，两载又花排。
可有真消息？今宵梦境谐。

自注：

二〇一六年春，祖英与笔者共同在家居楼前栽种了一株连理枝的紫穗槐。当此排排紫穗盛花时节，今天笔者在该树下数度注目良久。

二〇一八年五月六日傍晚于百旺家苑乐西园漫步途中

临江仙 看祖英照片

又睹旧时珍贵照，帧帧嵌入心房。并肩山水眺远方。开怀曾大笑，挽臂意绵长。春夏秋冬多景色，欢愉多少时光！想来依旧暖洋洋。音容长已矣，泪闪对空堂。

二〇一八年五月二十三日午后于北京百旺家苑居所

七绝　到富厚堂

五月二十六日午后，笔者在柳思维教授等陪同下由长沙赴永州途经曾国藩故乡荷叶塘（今属双峰县），到访曾拜相封侯后始建于一八六五年之家居『富厚堂』，是为我国最后一座乡间侯府，规制宏大而又简朴端庄，砖木结构，建筑面积近一万平方米。

富厚堂中八本堂，做人做事立纲常。
中年精进非天赐，自守清芬自养强。

自注：

一，富厚堂中设有『八本堂』，以张扬曾所谓之『八本』：读古书以训诂为本，作诗文以声调为本，事亲以得欢心为本，养生以少恼怒为本，立身以不妄语为本，居家以不晏起为本，做官以不要钱为本，行军以不扰民为本。二，富厚堂正门有一副楹联：清芬世守盛德日新

二〇一八年五月二十七日清晨于永州嘉隆酒店

七绝　访柳子庙

五月二十七日上午，有幸与友人共访永州柳子庙，因题。

有才无用叹溪居，归卧青山别样舒。
八愚千秋山水绿，忘机处处是宽余。

自注：

柳宗元有诗《溪居》。

二〇一八年五月二十八日清晨于宁远

七绝 访周敦颐故居

新荷初绽粉红花，古道楼田拜大家。
敬目躬身思绪涌，濂溪一脉润中华。

二〇一八年五月二十八日下午于道县至长沙汽车途中

七律　题宁远文庙

湖南宁远文庙是我国孔府之外的最大文庙，位列全国重点文物保护单位。五月二十八日上午与柳思维教授等敬访，题此律以为念记。

江南第一文轩庙，璨立零陵舜帝州。
石刻精雕皆国粹，玉阶宏宇竞风流。
櫺星门上尊师最，围壁屏中劝学遒。
教化八方传大道，斯文在在润心头。

二〇一八年五月二十九日下午于长沙至北京高铁列车途中

浣溪沙 拜舜帝陵

五月二十七日下午，笔者有幸在欧阳峣、柳思维教授等陪同下自宁远城驱车赴九疑山，拜舜帝陵。

人到潇湘不敢诗，九疑拔地尽瑰奇。峰峰肃穆雾迷离。

天下明德虞舜始，千秋万代福华滋。山情水意共心仪。

自注：

《史记·五帝本纪》：『天下明德皆自虞帝始。』

二〇一八年五月二十七日夜晚草稿于湖南宁远县城

二〇一八年五月三十日清晨定稿于北京百旺家苑乐斋

七绝　途中和华干林

文思雅兴漾心澜，两路飞车共向南。
千载神游愉你我，激情当在武夷山。

自注：笔者邀请华干林、宋振锟赴武夷山桐木村，与笔者、侯书栋一起品评我们的《历代词选二百家品读》大部分初稿。今天我们从北京、华从南京分别乘高铁列车往武夷山，途中收到华也在途中微信发来的诗：『飞驰铁马出南关，一路好风绿浪翻。千里坐行游八闽，心思早到武夷山。』遂和此诗以谢。

二〇一八年六月十一日下午草于北京至武夷山高铁列车途中

七绝　只做普通人

一心只做普通人，宠辱无惊出俗尘。
无欲无求何奈我，有山有水自由身。

二〇一八年六月十二日清晨于武夷山庄

七绝　访五夫里

六月十二日词评小组四人在江志东等陪同下到访武夷山市（原崇安县）五夫里。

五夫里外紫阳楼，古木参天浩气遒。
继往开来源洙泗，礼门义路贯千秋。

自注：崇安五夫里，是朱熹生活近五十年的地方，乃朱子理学之摇篮。朱熹故居紫阳楼（今复建）外有朱熹手植之香樟，及金丝楠木、红豆杉等参天大树。兴贤书院内悬有朱熹手书『继往开来』匾。

二〇一八年六月十三日清晨于武夷桐木村正山堂

七绝 品读古词吟

耕古耙今多感发，潜心入境细思量。
探幽索隐穷究竟，灯下窗前品茗香。

二〇一八年六月十五日清晨于武夷正山堂

七绝　又到瓢泉

一缕清泉贯古今，千秋忠义涤人心。
青山妩媚情依旧，如此青山必再临。

自注：

瓢泉在江西铅山县境，邻武夷山。辛弃疾在瓢泉居所作《贺新郎·甚矣吾衰矣》句：『我见青山多妩媚，料青山见我应如是。情与貌，略相似。』又《洞仙歌·飞流万壑》：『问如此青山，定重来否？』

二〇一八年六月十五日傍晚于铅山瓢泉至武夷桐木关汽车途中

七绝　题鹅湖书院

鹅湖二会耀千秋，朱陆辛陈美誉留。
崇教尚贤扬正道，光明高大溢风流。

自注：

南宋淳熙二年（1175），朱熹、陆九渊、陆九龄应吕祖谦之邀而论辩于鹅湖寺，史称『鹅湖之会』；淳熙十五年（1188），辛弃疾、陈亮二人『长歌相答、极论世事』于鹅湖寺，史称『鹅湖之晤』。

二〇一八年六月十六日清晨于武夷正山堂

七绝　端午登武夷瞭望塔

霞蔚云蒸翠谷雄，杳无人迹沐天风。
天牛知了鸣相竞，一派生机自在中。

二〇一八年六月十八日下午于游览归途

诉衷情　端午夜思英

今天是戊戌端午节，恰遇祖英仙逝整整十五个月，入夜难眠。

每逢佳节倍思英，尤记笑盈盈。从来美味精细，餐聚一堂明。
人不见，意难平，叹伶仃。独灯孤坐，默对遗容，有泪如倾。

二〇一八年六月十八日夜于武夷正山堂

七绝　题和平书院

峭公办学兴书院，文脉千年润泽长。
崇教从来功德厚，和平古镇璨星光。

题注：

和平书院坐落在福建邵武市和平镇，始建于后唐天成元年（926），为弃官归隐回乡的黄峭所创办，用于办学直至1968年。现存系清乾隆三十四年（1769）重修。历史上从这里走出了两位宰相，六位尚书，一百三十七位进士，秀才举人不计其数。

二〇一八年六月二十一日清晨于武夷正山堂

七绝　戏题平潭仙人井

风光无限仙人井，峻谷驼峰海浪飞。
此处八仙曾驻足，龙宫有路可来回。

二〇一八年六月二十二日午后于福建平潭岛麒麟荣誉酒店

七绝 歌严复

六月二十三日上午参观福州严复故居，因题。

兼容并蓄众源流，合璧中西首探求。
学问勤思精损益，文章光气耀千秋。

自注：

陈宝琛撰严复《墓志铭》结束句：『文章光气长垂虹。』

二〇一八年六月二十四日清晨于福州悦华酒店

七绝　参观马尾船政

师夷长技奋当年，船政开新勇创先。
可惜国中无圣主，昏庸朝政害群贤。

自注：

『总理船政』大门有沈葆桢所撰楹联：『以一篑为始基从古天下无难事　致九译之新法于今中国有圣人』。

二〇一八年六月二十四日下午于福州至北京空航途中

七绝　歌林则徐

六月二十三日下午在福州参观林则徐纪念馆，因题。

水利专家泽惠民，虎门烟禁气凌云。
少年许国言慷慨，探得花香一树春。

自注：

林则徐十九岁时撰联：『苟利国家生死以　岂因祸福避趋之』。后入其诗。林则徐句：『状开元景三阳态，探得花香一树春。』

二〇一八年六月二十五日上午于北京百旺家苑乐斋

七绝 参观梁章钜故居偶感

六月二十三日上午在福州参观梁章钜故居，感叹梁归田业绩，因题。

归田大吏此门中，创学楹联至伟功。
艳羡诗敲梅下月，心倾醉卧柳边风。

题注：

梁章钜乃林则徐好友，八闽硕儒。官至江苏巡抚，兼署两江总督，政绩突出，坚定的抗英禁烟人物。六十七岁（一八四二年）因病辞官返里归田，专事著述，诗文颇丰，尤著《楹联丛话》系列，遂为我国楹联学一代宗师。在其故居，有一幅梁章钜手书楹联：

『诗敲梅下月；醉卧柳边风。』

二〇一八年六月二十五日上午于北京百旺家苑乐斋

七绝　谢福州众校友陪访三坊七巷

六月二十三日，张高兴郭权等一众校友热情全程陪同笔者参访著名的福州三坊七巷，因题。

名街名巷众英雄，业绩辉煌日月同。
你我有缘来共访，情深尽在古今中。

二〇一八年六月二十六日清晨于北京百旺家苑乐斋

最高楼 老乐歌

到今天，祖英离开我们已经四百八十天，离开居家则已六百天。

前天我与孩子们一起去天寿看望了祖英，今天晨又填得此词献祖英，以告慰祖英在天之灵。

知多少，高奏凯歌还。弹指一关关。千山万水坚强步，归来对镜已苍颜。智叟云，当戒得，自清闲。

不去问、笔端流水急，也莫问、纸头修竹逸。吾老矣，乐为先。忙来忙去无风雨，闲来闲去共云烟。算而今，吟酒后，笑窗前。

二〇一八年七月十日清晨于北京百旺家苑乐斋

少年游 窗前偶题

闷天闷雨闷窗前，心动小篱园。樱桃健壮，石榴挂果，几样菜蔬鲜。

浮生一任宽和窄，林下有良缘。旧盏茶香，老家音亮，此处乐坡仙。

自注：

李白《安陆白兆山桃花岩寄刘侍御绾》：『独此林下意，杳无区中缘。』老家音，指笔者家乡扬剧音乐。

二〇一八年七月十四日清晨于北京百旺家苑乐斋

七绝　观瞻磨山离骚碑

离骚绝唱楚天风，第一书碑叠翠中。
二十出头咏芝笔，谁人不叹古今雄。

自注：

武昌磨山《离骚》碑建于一九九二年七月，刻有毛泽东二十一岁时使用『咏芝』署名的楷书珍品《离骚》，全文二千四百九十字。碑高十四点八米，底宽十七米，高出号称『天下第一碑』的泰山唐玄宗手书《纪泰山铭》碑一点五米。

二〇一八年七月十八日清晨于武昌东湖宾馆南山乙所

清平乐 恩施云龙地缝

飘银飞乐，惊瀑从天落。地底琼浆流满壑，绝壁千寻如削。
抬头一带云天，翠崖栈道盘旋。到处泉踪水韵，那边应有神仙。

二〇一八年七月二十日清晨草于恩施轩宇国际大酒店

浪淘沙　西水卯洞

西水出天庭，碧绿澄明。秀峰绝壁送还迎。笑语声声山水寂，波细舟轻。
卯洞东流平，鬼斧神灵。雄奇天下默无名。漫想如今多浊水，别样心情。

二〇一八年七月二十一日深夜于恩施轩宇国际大酒店

浣溪沙 又回宜昌

五十年兮四十年，宜昌往事苦还甜。山山水水扣心弦。
三代归来同尽孝，两遗了却更思贤。江流怜我共无言。

自注：

五十年前的一九六八年三月，笔者大学毕业分配来到宜昌工作；四十年前的一九七八年九月，笔者考上中国人民大学研究生离开宜昌。贤妻病重期间对老家宜昌有两个愿望：一是能回去看看迁移了的母亲墓地，二是能回去看看病中的大哥。此次笔者携长女纪畅、滕岩夫妇和外孙济玮来宜，主要就是为了完成她的这两个遗愿。

二〇一八年七月二十二日夜晚于宜昌桃花岭饭店

七绝　登至喜楼

此生从不叹蹉跎，老眼寄情黄柏河。
谁解醉翁谈至喜？年华似水复如歌。

自注：

宋欧阳修著文《峡州至喜亭记》。现宜昌至喜楼，建在笔者和祖英长期工作生活过的小溪塔黄柏河畔。

二〇一八年七月二十五日夜晚于宜昌桃花岭饭店

七绝 到夷陵森林公园

苍山翠谷竞纵横，林密花繁傍大城。
五十余年弹指去，依稀旧迹静无声。

自注：

五十余年，笔者初到宜昌县（今宜昌市夷陵区是其大部分）工作，距今已五十年又四个月了。

二〇一八年七月二十六日清晨于宜昌桃花岭饭店

七绝　闻张某受审

巡视专员蟊贼张，人模狗样蝎心肠。
天公有眼除奸佞，取醉高歌共一狂。

二〇一八年八月七日夜于北京百旺家苑乐斋

七绝　困卧苦夜

困卧孤房养腿伤，昏天黑地夜偏长。
神思不向天边去，只盼窗前淡月光。

二〇一八年八月二十一日夜于北京百旺家苑乐斋

七绝　初秋步园偶得

终于稳定得秋凉，酷暑今年苦往常。
幸有天时循铁律，从来不拗不荒唐。

二〇一八年九月六日傍晚口占于北京百旺家苑西园漫步中

七绝　又听京剧调《梨花颂》

峭丽清幽婉转音，芳华摇落漫歌吟。
天生丽质曾殃国，一曲悲歌叹古今。

自注：

唐陈子昂《感遇（其一）》：『岁华尽摇落，芳意竟何成！』

二〇一八年九月八日午前于北京百旺家苑乐斋

鹧鸪天　秋分时节

昼夜平分秋已浓，风光不与半春同。众芳沉醉斜阳里，月季孤红万绿中。
闲步缓，自从容，杖藜未必已龙钟。晚来不读秋声赋，且享新凉万事空。

自注：

今年九月二十三日秋分。杖藜，笔者腿伤尚未痊愈。

二〇一八年九月十六日晨于北京百旺家苑乐斋

巫山一段云　戊戌中秋节感怀

今天是戊戌年中秋节，感而填此小令，兼寄友人。

一碧长空尽，新红硕果鲜。中秋时节爽凉天，袖手竹林边。

澹荡人间事，渔樵今古篇。何能对酒又君前？今夜月儿圆。

二〇一八年九月二十四日清晨于北京百旺家苑乐斋

七绝　访翁同龢故居

今上午离常熟前敬访翁同龢故居，赴仪征途中草题此绝聊以寄慨。

第一导师原帝师，维新强国一生痴。
完人美誉当未必，瓶隐伤心诚苦持。

自注：

康有为题字尊翁同龢为『中国维新第一导师』。翁三十六岁为同治帝师，四十六岁又为光绪帝师。官至协办大学士。曾两度任军机大臣。翁晚年因戊戌变法被慈禧太后开缺回籍，在常熟虞山结瓶隐庐（意隐居守口如瓶）终其残年。临终时曾口占五绝：『六十年中事，伤心到盖棺。不将两行泪，轻向汝曹弹。』本诗末句又作『瓶隐伤心晚景凄』。

二〇一八年九月三十日正午于赴仪征高速公路途中

踏莎行 回乡欢聚

国庆长假携玉春、轶男、皓天回老家，与宝龙姐一大家（三小家）欢聚于仪征，三代人其乐也融融！

迭起欢声，频传笑语。人人杯举浓情处。兴高最是谈儿孙，美餐『掼弹』眉飞舞。

金桂飘香，游鱼盈趣。湖边竹海轻轻步。自由自在并肩来，林颜水色秋光赋。

自注：『掼弹』（意掼炸弹，俗别称为『掼蛋』），江苏广为流行的一种扑克牌游戏法。

二〇一八年十月四日夜晚于江苏仪征

七律　贺符利民先生八十寿

人寿神丰八秩盈，平湖高峡水清澄。
诗心务美勤斟酌，文胆求真敢纵横。
岂止坚持麋鹿志，从来不屑虎龙争。
凭栏醉览林泉秀，一任风云变幻生。

自注：

唐李白《山人劝酒》诗句：『各守麋鹿志，耻随龙虎争。』

二〇一八年十月十一日晨于北京百旺家苑乐斋

眼儿媚　师生深秋同游颐和园西堤

徐进门来路条条，笑语悦周遭。亭桥映柳，芦花秀岸，暗咏秋谣。

如今往事谁重省？烟散复云消。我心只在，远山近水，一总逍遥。

二〇一八年十月十二日夜晚于北京百旺家苑乐斋

鹤冲天　无语步清幽

到今天，爱妻祖英离我而去已一年又七个月了。两年前在这金色的十月里，病中的祖英曾与我数度漫步百旺西园，那是她生前与我并肩户外的最后几次。

风已歇，暮云收，澄宇月华流。满园飘叶细吟秋，无语步清幽。

君何在？吾何待？寂寞路旁人外。潸然垂泪望梢头，杨柳省缘由。

二〇一八年十月十八日清晨于北京百旺家苑居所

清平乐 又到桐木关

今上午偕同同为正山堂客人的肖启明夫妇呼延华夫妇等一众新朋旧雨，纵情漫步桐木关上下，因调寄此令以为记。

险峰幽谷，清寂辞尘俗。全是天成深浅绿，遍野繁林茂竹。

曾经拼却年华，开怀大笑如花。欢语空山僻道，前程一任横斜。

二〇一八年十月二十一日深夜于武夷山桐木村正山堂总部

沁园春 秋游山河

十月十九日离京，一周来到访江西福建浙江多地，感而填是词。

万叠云山，千里烟河，笑口而今。喜晓风抚面，朝霞织锦；晚凉送爽，落日镕金。池畔溪边，杉前柳下，到处怡人天籁音。回首处、想平生万事，另类光阴。

繁华退后清心。最当得、尽欢山水林。有苍山如海，竹风风语；碧川似玉，瀑水龙吟。石径横斜，蜿蜒走去，古洞秦人堪可寻？莫相问，但登高一啸，挽袖开襟。

二〇一八年十月二十五日草稿于武夷山至诸暨高铁列车途中

十月二十六日清晨定稿于嵊州宾馆

七绝　访泰宁明清园

在江元勋萧明光等友人陪同下，笔者10月24日到访专门抢救遭逢拆迁厄运古建筑、巨量收藏木刻古楹联以及古家具等的福建泰宁明清园，令人惊叹。

明清园内叹纷纷，救宝藏遗旷世勋。
来处要员知耻否？常悲盲政毁人文。

二〇一八年十月二十七日午于杭州至北京空航途中

西江月 永远的长寿面

老年人生日前夕，家乡习俗要『暖寿』。两年前的今天，祖英中午时分支撑病体下厨房，为笔者做了一碗香气四溢热气腾腾的西红柿鸡蛋长寿面『暖寿』。她说，西红柿鸡蛋面，寓意红红火火。这是她生前的最后一次烹调。那天午后，笔者和泪写下了《七绝·丙申年生日暖寿面》。

一碗火红红火，深情火火红红。腾腾香气满堂中，遗泽年年受用。
永记浓浓滋味，难忘朗朗音容。孤身谁说

对房空？倩影今宵入梦。

二〇一八年十一月二日清晨于北京百旺家苑居所

七绝　宝塔松

中正雍容健体雄，从来挺立不随风。
严寒酷暑全无惧，常绿人间爱意隆。

二〇一八年十一月十七日中午于北京百旺家苑乐斋

一剪梅　十一月十九日感怀

二〇一六年十一月十九日是祖英最后一次离家住进医院的日子。

倏忽间整整两年过去了。

迎面霜风心上寒。落木萧萧，枯草斑斑。
悠悠岁月一挥间，又是经年，独步何堪！
月色空明莫倚阑。寂寞蟾宫，影只形单。
又临旧境意纷纷，夜幕茫茫，幽径弯弯。

二〇一八年十一月十九日夜晚于北京百旺家苑居所

七绝　又到儋州载酒堂

乌台诗案千年耻，困苦文豪百代悲。
孤寂弥坚儋耳幸，生前身后盛名随。

二〇一八年十一月二十五日清晨于海口宝华酒店

七绝 三角梅

四季常欢绿翠丛，路边墙角也盈丰。
似花红叶迷人眼，各自风光本不同。

二〇一八年十二月三日午前于海口盛达景都怀英斋

七绝　晨读偶感

可悲打假假还喷，诚信遗丢万祸根。
民族悲哀无过此，何能朗朗一乾坤！

二〇一八年十二月八日清晨于海口盛达景都怀英斋

七绝　赞人大海南校友会书法班

已见书家墨路开，怀中有璧远尘埃。
清心淡泊多汗水，气韵风神愉目来。

二〇一八年十二月九日深夜于海口盛达景都怀英斋

南歌子　祖英七十三冥寿

十二逢双叉，南天北拜遥。凌晨无寐涌心潮，长叹再无夜语慰今宵。

四下空房寂，遗容泪眼瞧。思经念纬织煎熬，窗外风凄云暗听萧萧。

二〇一八年十二月十二日晨于海口怀英斋

江城子　坡翁贬儋州

可悲世路满榛芜，几遭诛，贬穷途。万里投荒，化外得宽余。一点浩然中正气，蛮野地，也安居。

青葱满目不枉苏，作农娱，养生舒。劝学生民，本色是鸿儒。自有清欢人识否？钦帅洌，酒堂殊。

自注：

杜甫《哭台州郑司户苏少监》诗句：『飘零迷哭处，天地日榛芜。』　苏过（苏轼幼子）《东亭》诗句：『世路榛芜谁与披。』

苏轼《浣溪沙》词句：『人间有味是清欢。』　苏轼贬儋州后乡贤

为其筑讲学会友栖身之载酒堂，旁有钦帅泉古井。

二〇一八年十二月十八日晨于海口怀英斋

朝中措　海口生活偶感

南来北往几离归，岁月去无回。闭眼纷纷世事，胸中锦绣如堆。

苍颜白发，齿坚舌软，摇步衣肥。案上闲书几本，窗前屹立蒲葵。

二〇一八年十二月十九日下午于海口健身中心运动中

七律 岁末和郑世让

十二月三十日晨接宜昌老友世让君微信发来写给我的诗，感而用其韵相和。

逆旅行人各自忙，迎新辞旧叹流光。
阴晴圆缺人生短，苦辣酸甜日月长。
大喜何曾圆旧梦，巨悲岂止断肝肠！
风轻云淡山林静，老步无需再计量。

自注：

苏轼《临江仙·送钱穆父》：『人生如逆旅，我亦是行人。』

附郑世让诗：夷陵昨夜披银装，南国寄语赋闲窗。忆旧故事历历在，怀英情绪绵绵长。豪放抒尽凌云志，婉约唱尽人间凉。悲欢离合须看透，喜怒哀乐任短长。

二〇一八年十二月三十一日午前于海口怀英斋

减字木兰花　冬夜月下

一轮寒月，不染纤尘盈皎洁。寂静空园，
满地清光万木眠。
悄然步去，疏朗清宁天赐予。不觉严寒，
夜色苍茫百望山。

自注：

昨天是腊月十五，『大寒』。

二〇一九年一月二十一日晨于北京百旺家苑乐斋

渔歌子　看电视剧《上将洪学智》

戎马关山殊世勋，英雄无奈黑风云。持本色，敬人民，铮铮铁骨上将军。

二〇一九年一月三十一日晨于北京百旺家苑乐斋

踏莎行　己亥新年

踏浪迎春，邮轮载福。吉言喜语争相续。
大年三十有年年，何曾红酒今番酷！
海阔无垠，风和如沐。水天一色无尘俗。
空明净洁乐天伦，自由自得人生足。

二〇一九年二月五日（大年初一）夜于蓝宝石公主号邮轮
（此时在泰国海域）

满江红　大洋邮轮上

何处乾坤？凭栏处、眼空无物。平望去、极边一线，水天相接。堆絮白云飘旷远，汪洋墨水潜深阔。莫讶惊、南北或东西，无分别。

挥手处，皆净洁；眺远近，无圆缺。伴孤舟只有、日星辰月。短发萧疏襟袖裕，心神清定肝肠热。且从容、迈步向船头，情方切。

题注：

笔者京苏两地共十二位亲人于二月二日夜乘国航班机离京，赴新加坡于二月三日下午登上蓝宝石邮轮，开启为期七夜六天的南洋海上游，共同欢度己亥新年佳节（二月五日大年初一）。

二〇一九年二月八日夜晚于蓝宝石公主号邮轮

七绝　南洋亲情

结伴亲人万里行，南洋浩瀚洒亲情。

迎『猪』送『狗』邮轮上，喜乐安和洁净明。

二〇一九年二月十一日凌晨于新加坡至北京国航航班途中

五古　春雪偶感

春来冬不至，究竟啥道理？
从来天难料，就是这脾气。

二〇一九年二月十四日午后于百旺家苑乐斋

西江月　《历代词选六百首品读》完稿

自不量力事，放胆竟初成。笔者与书栋合作之《历代词选六百首品读》，今天发稿出版社。

电脑幕屏开启，鼠标静静停留。个中一本大书牛！仰坐轻舒双手。

又报春天消息，当欢硕果来由。玉兰苞蕾满枝头，且自香茶消受。

二〇一九年二月二十八日夜于北京百旺家苑乐斋

七绝　接续柳思维教授句

且喜迎春第一枝，不经意处弄新奇。
从来僻野无拘管，烂漫山花只待时。

题注：

上午收到思维读拙词《西江月·词选品读完稿》回赠句『且喜迎春第一枝』，感而续成此绝。

二〇一九年三月四日下午于百旺家苑乐斋

七绝　早春咏路边柳

一抹轻黄柳色鲜，淡妆娴静报春天。
无情只是台城柳，此处寻常陌路边。

二〇一九年三月七日午前口占于百旺家苑西园

水调歌头　颂高教司故旧欢聚

三月八日傍晚，周远清林蕙青同志邀集原国家教委高等教育司部分同志欢聚于一堂，感慨不已，特寄此调。

难得一相聚，顾盼喜眉梢。早春明媚时日，林下意滔滔。二十三年过去，未把流光辜负，岁月几多骄！细看你他我，霜发耀今宵。

报国志，振兴梦，改开潮。壮怀有幸高教，拼力奋新标。地远天高宏阔，水拍云横壮美，携手共操劳。往矣早先事，谈笑举杯高。

自注：

李白《安陆白兆山桃花岩寄刘侍御绾》诗句『独此林下意』。

笔者一九九六年三月二十一日到任国家教委高等教育司司长，至今整整二十三年了。当时围绕『把什么样的高等教育带入二十一世纪』确立了多方面的奋斗目标。当年拙词《诉衷情·履新会上》有句云：『此矣前去，地远天高，水拍云横。』

二〇一九年三月九日晨于北京百旺家苑乐斋

鹊桥仙 祖英仙逝两周年

明天就是三月十八日了。祖英永远活在我心中。

垂杨染绿，玉兰放蕾，最是怀人时节。东风劲引色迷离，又岂解、愁肠百结？长河波涌，平芜春满，此恨何堪消歇！平芜尽处是春山，那又是、重重叠叠。

自注： 唐高适《田家春望》诗句：『出门何所见，春色满平芜。』宋欧阳修《踏莎行·候馆梅残》词句：『平芜尽处是春山，行人更在春山外。』

二〇一九年三月十七日晨于北京百旺家苑乐斋

七绝　偕延明游百望山

三月二十二日午时，偕从加拿大探亲归来的老学友、老同事程延明，共游百望山森林公园天摩沟等景区。

笑谈空谷野林边，木栈道中肩并肩。
遥指山桃花竞放，风流散尽碧蓝天。

二〇一九年三月二十三日清晨于北京百旺家苑乐斋

七绝　小院春色

榆叶梅红潜热烈，樱桃花白溢清纯。
临窗莫负天公意，淡淡茶香静静神。

二〇一九年三月二十七日下午于北京百旺家苑乐斋

七绝 闲人友聚

昨日下午，闲友小聚乐斋，戏题。

赏花时节一壶茶，春满前窗日影斜。
闲兴尤宜方桌小，情牵四座放心花。

二〇一九年三月二十九日清晨于北京百旺家苑乐斋

七绝　己亥清明

清明时节念纷纷，花放丁香忆故人。
伫立孤身凝望久，可怜已是第三春。

二〇一九年四月四日午前于北京百旺家苑西园

西江月　全家踏青圆明园

柳绿桃红花满坡，粼粼碧水戏天鹅。踏青幽曲笑声多。

旷野赏春欢旖旎，遗园访古叹蹉跎。祖孙三代步平和。

二〇一九年四月八日午后于北京百旺家苑乐斋

七绝　菏泽牡丹

天生丽质一无求，评说万千任自由。
只是芳华真面貌，斑斓五彩满曹州。

二〇一九年四月十四日上午草于菏泽赴单县汽车途中

千秋岁　青翠篱园小

果蔬花草，青翠篱园小。方寸地，居家宝。欢呼春雨贵，舒步红砖道。抬眼处，一畦玉立秧苗俏。

未见烟湖水，何处孤垂钓？休勉强，随缘了。笑鱼龙寂寞，悟得陶苏妙。心静也，晨风拂面轻吟啸。

自注： 唐杜甫《秋兴八首其四》句：『鱼龙寂寞秋江冷。』

二〇一九年四月二十八日傍晚于北京百旺家苑乐斋

五律　游颐和园南湖岛

云舒心下事，延旭九重霄。
觅旧南湖岛，涵虚玉带桥。
风狂横步短，浪涌激情高。
极目涛波远，兴亡近亦遥。

自注：

从新建宫门入颐和园，即见南北两面各题书『延旭』『云舒』之古牌坊。

二〇一九年四月三十日午后于颐和园十七孔桥

七绝　病中审阅《乐斋词·贰》清样

勉力躬身病榻前，字斟句酌妥方圆。
清欢雅趣纷纷意，掩卷低吟锦绣篇。

自注：
此时笔者因月初突患病情凶险的重症肺炎而住进医院。

二〇一九年五月二十二日于北大医院十四病房

永遇乐 养病临窗

书桌凝愉，南窗涌翠，场景无限。秋月春花，朝晖夕照，曾笔耕无倦。香茶对品，倾心闲话，一笑宛如花灿。到而今，纱帘半掩，可怜寂寞孤盏。

病魔突袭，惊心凶险，万幸欣逃劫难。半倚窗前，望中犹忆，往矣皆清淡。情为何物？惟情永在，深处时时暗唤。低吟啸，人生逆旅，豁然浩叹。

二〇一九年六月五日晨于北京百旺家苑乐斋

七绝　己亥端午和思维君

今日端午节。清晨柳思维教授手机发来诗章《己亥端午节有感并祝邵生兄早日康复》，读而感念屈子，遂用其韵相和。

行吟何处觅芳华？不肯推移不染瑕。
高举深思天地外，魂飞沧浪到天涯。

己亥端午节（公历六月七日）于北京百旺家苑乐斋

七绝　居家养病微吟（三首）

其一　卧榻思绪

养神闭目卧平和，流过心田一曲歌。
那是家乡安静夜，河池闪动月光波。

其二　养病闲步

万木葱茏翠色围，停停走走慢家归。
转身凝望阔空处，自在悠悠蝴蝶飞。

其三　养病偶读

一本闲书在眼前，偶翻几页便凄然。

如何解得幽怀意？目尽青天月伴眠。

二〇一九年六月十一日上午于北京百旺家苑乐斋

七绝　大病初愈

命矣时乎殊万幸，晨风又爽意盈盈。
神清遥谢医朋义，福满渊源父女情。

二〇一九年六月十三日于北京百旺家苑乐斋

采桑子　夏日晨步

晨风夏日娱人爽，格外凉清。缓步相迎，
一抹朝阳静静明。
老来袖手常观景，地绿天青。至简心情，
且向林边听鸟鸣。

二〇一九年六月三十日于北京百旺家苑乐斋

七绝 和答思维君

前日微信得柳思维教授当天写于长沙的《赠宝成兄》，感而用其韵和之。

此生多少水和山，迈步横穿只等闲。
有限劳生无限意，满窗风月静心澜。

附：

柳思维七月十一日诗作《赠宝成兄》：『能遭天磨真硬汉，不怯恶病伟丈男。传奇人生重出发，樽前共勉谈笑还。』

二〇一九年七月十三日清晨于北京百旺家苑乐斋

阮郎归　己亥中元节

盂兰盆节倍凄凉，心沉着旧装。木然无语
对空房，低头泪几行。
山远近，野苍茫。故人在哪方？驱车直去
诉衷肠，坟前几炷香。

二〇一九年八月十六日晨于北京百旺家苑

鹧鸪天 到正定隆兴寺

名刹千年耀古城，隋碑宋殿尽奇珍。法轮常转人间愿，大佛慈悲天下闻。磅礴势，妙严身。慈航普渡万年程。时时宣示人难识，倒座观音弥勒魂。

自注：

正定隆兴寺，中国十大名寺之一。隋唐宋金元明清皆为皇家寺院，亦为中国北方最大皇家寺院。因拥有世界古代最高大最古老宋代铜铸的千手观音，俗称大佛寺。1961年首批确定为国家重点文物保护单位，文化艺术价值极高。

二〇一九年八月十七日下午于石家庄返京高铁途中

念奴娇　己亥处暑游颐和园

今日处暑。清晨七时许笔者便进颐和园北宫门独自游园了。

早凉天气，我来了、乘着晨光曦色。天下名园多盛景，道上游人如织。盏盏红莲，垂垂杨柳，采采生机出。潜心步去，逍遥清爽时刻。

曾有多少欢愉，风流云散，回望全无迹。为问清风余几许，当伴老夫朝夕。哪里吹簧，谁人鼓瑟，醉我悠闲客。舒身驻足，漫抚桥上栏石。

自注：

《诗经·秦风·车邻》句：『既见君子，并坐鼓瑟』，『既见君子，并坐鼓簧』。

二〇一九年八月二十三日深夜于北京百旺家苑乐斋

七绝　五十七年

五十七年前的今天，因求学笔者第一次到北京。那天也是晴空万里，金阳高照，凉爽宜人。

依旧清凉朗朗天，一挥五十七年前。
人生逆旅今如是，我亦行人偕缺圆。

自注：唐李白《春夜宴从弟桃花园序》：『夫天地者，万物之逆旅也。光阴者，百代之过客也。』宋苏轼《临江仙·送钱穆父》：『人生如逆旅，我亦是行人。』

二〇一九年八月三十一日上午漫步北京百旺家苑西区口占

七绝　有感《历代词选六百首品读》出版

闲人跨界弄新奇，无有芳华只有痴。

踏破铁鞋求自在，横空出世又心驰。

二〇一九年九月十六日清晨于北京百旺家苑乐斋

七绝　呼延夜半送书来

十五日子夜时分，呼延华、符爱霞夫妇驱车从百里外印厂，取回笔者新著《历代词选六百首品读》《乐斋词·贰》样书直送我家，感而记之。

敲门夜半喜盈盈，手捧新书步履轻。
闻得墨香心落定，窗前月色正清明。

二〇一九年九月十六日上午于北京百旺家苑乐斋

临江仙　自贺词作新著出版

新近笔者《乐斋词·贰》、《历代词选六百首品读》（与侯书栋合著）两书由团结出版社出版面世。笔者自本月十五日深夜见到样书以来的十天中，细看新书抑或签名赠书，都一直沉浸在『而今迈步从头越』的喜悦之中。

事在人为为则喜，老来又乐新功。十天总在性情中。案头新著亮，窗外石榴红。
时下金秋云雾散，举头一碧长空。艰辛过后是从容。客惊呼跨界，小聚一杯浓。

二〇一九年九月二十五日午前于高铁列车赴江苏老家途中

沁园春　蜀冈怀古

何必唐城？何处汉陵？百代蜀冈。想大明寺观，鉴真故里；平山堂阁，太守文章。战乱芜城，歌吹盛景，取醉高歌共一狂。凝望远，直唏嘘往古，四顾苍茫。

千秋骂名隋炀。悲应在、贪功好大亡。叹是非功过，谁人评说；存亡得失，哪里商量？胡马天骄，成王败寇，恰似江流入大荒。且平静，享玉兰肥绿，米桂飘香。

附记：

笔者此次回老家扬州入住的涵田汇金酒店，位于邗上文明发轫之地蜀冈。今日上午独自静静游览蜀冈核心部位的大明寺、平山堂，思古之幽情油然而生，不吐不快，遂填此调以为记。

二〇一九年九月二十六日傍晚于扬州涵田汇金酒店

卜算子　题扬州双峰云栈

一谷裂双峰，雪瀑飞流水。叠石亭桥欲伴云，巧阁轻相对。
客去洁空山，绿意熏人醉。霁月明心今夜来，涤俗清泉贵。

自注：

双峰云栈，清代扬州二十四景之一。后废。二〇一四年原址复建。

二〇一九年九月二十七日午前即兴于景区露香亭

浣溪沙　到瓜洲古渡

际海襟江万古涛，千年古渡九州豪。齐公大略利迢遥。

壮举功成荣往昔，宏图业起奋今朝。胸中翻涌广陵潮。

自注：

唐代开元年间（713—741），润州刺史齐浣开筑连接扬子镇（位今三汊河）至瓜洲的伊娄运河（又称瓜洲运河、扬州新河）。现为全国重点文物保护单位，并已列入世界遗产名录），遂使古运河得以从瓜洲入大江，从此成就了瓜洲『七省通衢』的交通枢纽地位，商旅如云，每年过往船只百万艘，瓜洲也就迅速发展为江边巨镇。唐代大诗人李白曾赋《题瓜洲新河饯族叔舍人贲》赞曰：『齐公凿新河，万古流不绝。丰功利生人，天地同朽灭。』

二〇一九年九月二十九日上午于扬州涵田汇金酒店

七绝　又到仪征戏题

国庆假期间，笔者偕纪畅、滕济玮来到仪征宝龙家姐家，亲情浓浓，其乐融融。

祖孙三代到真州，乐叙亲情复旅游。
尤是汤包锅贴好，孙儿留忆定无休。

二〇一九年十月六日下午于仪征赴南京汽车途中

七绝　晨游玄武湖小记

汤包尝罢进公园，满口余香满眼妍。
秋水粼粼风送爽，林深又喜鸟争喧。

二〇一九年十月九日上午于南京玄武湖环洲

七绝　又到莫愁湖

古泽遗留一汪水，人文千载莫愁湖。
六朝胜迹今何在？一片高楼入画图。

二〇一九年十月十三日清晨于高铁南京南站

浣溪沙 致江元勋君

角枕锦衾虚也留，君悲我苦共春秋。武夷九曲水长流。
金骏眉开新世代，正山堂誉满神州。雄关桐木在心头。

自注：《诗经·唐风·葛生》：『角枕粲兮，锦衾烂兮，予美亡此，谁与独旦？』江元勋，正山堂董事长，带领其团队创始『金骏眉』茶，二〇〇六年工艺定型，二〇〇七年投放市场，开创了我国红茶新世代。

二〇一九年十月十四日清晨于武夷桐木正山堂

采桑子　到闽越宫水井

十月十四日下午，笔者偕书栋在友人江元勋君一行陪同下，参观游览了位于武夷山市郊城村的汉代闽越王宫遗址，品尝了遗址古井水，感而填此小令。

二千二百年前井，古貌依然。水胜山泉，亮洁清凉滋味鲜。

古人功德今人惠，一水同甜。今古相牵，四野苍茫辽阔天。

自注：

古井旁有文勒石，照录如下：『闽越宫水井景深七米多，由直径一点零六米的陶景圈套叠筑成，井底铺设木板。井水甘甜可口，含诸多对人体有益的矿物质。』

二〇一九年十月十五日清晨于武夷山嘉元千禧度假酒店

七绝　痛悼文轩兄

无言闭目悲思涌，四十一年心意通。
红一楼前松柏翠，文轩笑貌俏随同。

自注：

笔者与郭文轩教授同为中国人民大学贸易经济系一九七八级研究生。

二〇一九年十月二十二日晨于北京至西安空航途中

南歌子　到乾陵

渭水霾云暗，咸阳古道长。驱车直向莽苍苍。正是西风落叶菊花黄。

武曌神都梦，乾陵大野荒。当年万岁好风光。却道有碑无字寄悲凉。

自注：

乾陵为唐高宗、则天皇帝合葬墓。天授元年（690）武则天自立为帝，改国号为周，定都洛阳，称『神都』，建立武周。

二〇一九年十月二十三日午后于乾陵返西安汽车途中

七绝 到大散关

重峦叠嶂排空去，秋色无边大散关。
寂寞当年征战地，唏嘘子弟不回还。

自注：

大散关，关中四关之一，位今宝鸡市南秦岭北麓，向为『川陕咽喉』，古代兵家必争之地。

二〇一九年十月二十五日清晨于宝鸡高新君悦酒店

鹧鸪天 谒岐山周公庙

古卷阿中祥瑞流，周公德润数千秋。保平治乱贤开始，勤政怀民奋不休。唐柏劲，汉槐遒。楷模万世在心头。凤鸣冈上炎黄幸，人到岐山应拜周。

自注：《诗经·大雅·卷阿》描述此地『有卷者阿，飘风自南』，故后人称这里为『古卷阿』。《诗经·大雅·卷阿》句：『凤凰鸣矣，于彼高冈。』炎黄，这里指炎黄子孙。

二〇一九年十月二十五日夜晚于宝鸡返京高铁列车途中

七绝　访凤翔东湖感苏轼

十月二十五日上午偕呼延华君访游陕西凤翔东湖，有感良多，遂赋此绝。

『致君尧舜』凤翔谋，挥洒青春意气遒。
忽往忽来天下事，此身谁料谪三州！

自注：

凤翔东湖，系苏轼初仕凤翔府签书通判时，于仁宗嘉祐七年（1062）扩建饮凤池而成。《孟子·万章上》：『吾岂若使是君为尧舜之君哉』；杜甫《奉赠韦左丞丈二十二韵》：『致君尧舜上，再使风俗淳』；苏轼《沁园春·孤馆青灯》：『有笔头千字，胸中万卷，致君尧舜，此事何难』。苏轼在凤翔为官三年间写作著名策论《思治论》，以及《喜雨亭记》《凌虚台记》等。《凌虚台记》：『夫台犹不足恃以长久，而况于人事之得丧，忽往而忽来者欤！』三州：黄州，惠州，儋州。

二〇一九年十月二十七日清晨于北京百旺家苑乐斋

七绝　送向东永生伉俪

深情微信热融融，心有灵犀一脉通。
有味清欢人少识，开怀你我仰苏翁。

附：

张永生（笔者学生刘向东夫人）二〇一九年十月二十七日发来微信，全文如下：『「一点浩然气，千里快哉风」，向先生致敬！先生乃我家教授之恩师，从本科、硕士，一直到博士。也是亲手给我授与硕士学位的校长。三十多年一路走来，先生是生活中视我们如子侄的长者，又是我们精神上的引导者。尤记清贫岁月他和师母在家给我俩办的婚宴，南粤边陲他来看望刚添了宝宝的我们，孤身在荆沙大地生活时，他的《岁月诗痕》给我的共鸣和豁达启示，受了无妄之灾师母怀里的温暖和他的叹息……一直担心他思亲伤怀，看到他这厚厚的两本书（按：系指《乐斋词·贰》、《历代词选六百首品读》），欣然之余不禁赞叹，先生乃当世东坡!!!』（据介绍，此系张永生当日发在她朋友圈的微信）

二〇一九年十月三十一日下午于北京百旺家苑西园散步途中口占

五律　七十五岁生日游百望山

十一月三日笔者七十五周岁生日，清晨，向兵、胡娟、书栋、振声、文彬、利华等专程来我家祝贺生日，并援例陪同我游览附近之百望山，感而有此记。

秋山新雨后，缓步气神清。
五彩欢声动，斑斓扑面迎。
吉言情漫漫，留影笑盈盈。
又享同舟乐，优哉旷野行。

二〇一九年十一月五日午后于北京百旺家苑乐斋

诉衷情　登京山绿林寨

十一月十日，笔者在陈传德、周应佳等诸君陪同下，出京山城经绿林山中的美人潭登上绿林寨。公元十七年，由王匡王凤领导的绿林农民起义在此屯兵练兵。『绿林好汉』一词由此而出。那次大起义至今已两千年矣！

绿林寨矣美人潭，巍巍大洪山。英雄已是传说，只剩寨墙残。

风飒飒，草斑斑，荻花繁。恨遗千古，业付云烟，且自凭栏。

二〇一九年十一月十日傍晚于湖北京山国电疗养中心

清平乐　访荆州张居正故居

十一月十二日午时，在彭贤荣君陪同下，偕周应佳、陈传德访谒位于荆州古城东门内重建之张居正故居。

潜心名胜，细味张居正。题匾楹联欺目竟，思绪纷翻清冷。

悲怀元辅纯忠，长吁世事西东。儿戏盐梅舟楫，休谈豚犬英雄！

自注：

张居正故居内悬挂有『纯忠』匾；又悬挂有万历皇帝赐给张居

正之楹联：『尔惟盐梅 汝作舟楫』。《三国志》曹操语：『生子当如孙仲谋，刘景升儿子若豚犬耳。』刘表字景升，汉末群雄之一，时任荆州刺史。

二〇一九年十一月十三日晚于武汉天河机场

虞美人　读词伤心处

三年前的今天（十一月十九日），祖英生前最后一次离家住进医院。虽然笔者从此开始了家居独处生活，但祖英走后总活在我心中。

小词读到伤心处，有恨谁堪语？起身四顾
座灯明，独站独行独想泪如倾。
流光倏忽三年矣，往事何曾已？翻开旧照
紧凝睛，只见玉容对我笑盈盈。

二〇一九年十一月十九日夜晚于海口怀英斋

永遇乐　卸任校长八年

昨天傍晚忽然忆起二〇一一年十一月二十三日笔者卸任中国人民大学校长，又忆及当年十一月二十九日曾赋七律诗《卸任谢校友》。八年了！重读此诗遂感而填此词。

回首堪惊，八年倏忽，驰岁弹指。势异时迁，凶连祸接，多少伤悲起！书房埋首，野林孤啸，求乐纵情山水。想当年、激昂慷慨，已成饭后余味。

古今如梦，世事通透，咏唱人生如寄。优

美余程，随心所欲，戒得多欢意。扭头窗外，北风吹劲，自在竹枝摇曳。舒身卧、朦胧入梦，欲游故里。

附注：

二〇一一年十一月二十九日笔者所赋《七律·卸任谢友人》后四句：『名遂身退行天道，政息神宁卧坦床。当信余程也美丽，转身平静亦轩昂。』

二〇一九年十一月二十九日清晨于海口怀英斋

风入松 老矣兴高游泳馆

无风无浪更无尘，满眼是明澄。池清水碧无余览，微吟啸、爽朗精神。无有喧喧应酬，自由自在舒身。

老来风味贵单纯，无愿再纷纷。规矩泳道来回缓，只消得、手足挥伸。无有风吹浪打，也还击水浮沉。

二〇一九年十二月六日午前于海口怀英斋

七律　痛悼卫兴华教授

一代宗师、经济学大家卫兴华教授二〇一九年十二月六日仙逝，享年九十五岁。笔者学生时代无缘认识他，但『以文认师』很是崇敬他。结识他的三十多年来则多有交往。他的『俯首甘为孺子牛』的赤子情怀，造诣精深的卓越学术成就，勤奋谦逊坦诚坚定而又与时俱进的大师风范，深深楷模着我们后辈学人。他与我的数次倾心交谈，对我本人校务工作和学术活动的一贯鼓励和支持，令我终身难忘。卫老师永远活在我心中！

皓首穷经马克思，一生只为探真知。

难能一世三勤勉，可贵终身四不唯。
冷眼尘嚣明理透，醉心学术用情痴。
忘年交我今朝绝，何处躬身再拜师！

自注：

卫老师自律：勤学，勤思，勤写；不唯上，不唯书，不唯风，不唯众。

二〇一九年十二月八日下午于海口怀英斋

菩萨蛮　自海口返京城家中小住

长空一碧冬阳丽，平添小别归来喜。进出乐斋门，眉开心上春。

已然心愿了，闲步西园道。何事最相期？团圆杯举时。

自注：

心愿：十二月十二日是祖英七十四周岁诞辰。笔者专程从海口回京，当日与孩子们一起去天寿陵园看望、拜祭她。

二〇一九年十二月十五日晨于百旺家苑乐斋

忆少年 与人大八二商经同学小聚

无尘往事，无言忆念，无穷愉悦。重逢甚欢也，又京城飘雪。

教学楼中挥手别，算而今、几多年月？从容一杯举，味胸中圣洁。

二〇一九年十二月十六日夜晚于百旺家苑乐斋

水龙吟 傍晚空航途中

目穷一带金红，齐齐截接明和暗。湛湛上宇，沉沉下界，共生相伴。不见尘嚣，全无他物，这般稀罕！料登楼王粲，临窗到此，何情有？何兴叹？

无有琼楼玉宇，也无踪、神仙官宦。极其安静，尤其干净，绝无奇幻。若此虚无，『物之外也』，尤堪凝看。正销魂却是，恼人夜色，搅深思散。

自注：

宋苏轼《超然台记》句：『……盖游于物之外也。』

二〇一九年十二月十八日傍晚于北京至海口空航途中

蝶恋花　海口怀英斋露台

窗外露台青石板，宽大凌空，纵目襟怀满。寂寞常来闲步散，呼风约月茶盈盏。

静默眼前思绪远，隐隐当年，笑语声声唤。凝伫竹边湿糊眼，老来风味今宵乱。

二〇一九年十二月二十七日上午于海口怀英斋

浪淘沙　二〇一九岁末海口校友小聚

岁尾喜相逢，暖意融融。随心所欲说西东。起立欢声杯又举，如沐春风。

此乐乐宽松，只叹匆匆。舞低歌尽属青葱。此去人生新一岁，步履从容。

二〇一九年十二月二十九日傍晚于海口怀英斋

五律　海南石梅湾观海浪

辞旧迎新之际，偕大学同班同学苏志平孙宗福王琴素苏广文曹珠英共游万宁石梅湾海滩，因题。

排浪涌沙滩，层层滚玉残。
从来昂奋起，永远激情还。
壮阔张襟抱，声威振倦颜。
优游徐步去，谈笑话心安。

二〇二〇年元旦草于石梅湾，元月七日定稿于海口怀英斋

巫山一段云　到临高角

迈步临高角，心潮逐浪飞。当年大战铸雄碑，静静透军威。

涛涌朝还暮，云舒去复回。天高海阔任由谁？望远复低眉。

题注：

位于海南临高县之临高角，乃一九五〇年四月解放军解放海南岛渡海登陆点。现建有纪念碑。

二〇二〇年元月九日下午于海口怀英斋

鹧鸪天　海口家居偶得

南国无寒只有凉，严冬时节绿盈窗。惜无
共语人伦乐，只盼相怜魂梦长。
云变幻，月流光，舞低竹影小癫狂。今宵
不觉孤身寂，对影清欢吟旧章。

二〇二〇年元月十一日早晨于海口怀英斋

踏莎行　怀念吴树青老师

吴树青教授是笔者在人大攻读研究生时《资本论》课的任课老师，也曾是笔者的直接领导：他任人大教务长、人大主管教学科研的副校长时笔者均任副教务长。他调任北京大学校长后，对笔者的工作也多有关心和支持。吴老师二月十日以八十八岁高龄仙逝了，我深深怀念着他。

一介书生，布衣校长，杏坛两校名声朗。
经书百万气盈胸，殷勤实事华光放。
学术精深，为人敞亮，不矜不媚清风爽。

楷模我辈大胸怀，风流人物先生样。

自注：

两校，吴树青老师系中国人民大学培养并长期在该校执教，一九八九年由中国人民大学副校长调任北京大学校长。

二〇二〇年一月十四日傍晚于海口返京空航途中

鹤冲天 除夕又

二〇一七年一月二十七日是农历大年夜除夕。当日，祖英步履艰难地从医院回到家中待了超过七个小时，与全家人『团年』辞旧迎新，共迎丁酉年（祖英『本命年』）的到来。

除夕又，已三年，空忆寂无言。那天举杯喜团圆，犹在眼根前。

辞宽慰，心已碎，忍看病容憔悴。强颜欢笑几多难，长叹再无还！

二〇二〇年一月二十五日（庚子年元旦）凌晨于北京百旺家苑居所

一剪梅　庚子年春节

万户萧疏过大年。静了门庭，闲了公园。
惊天时疫特疯癫。甲地封城，乙地封边。
岂是无端大自然？何处荒唐，何事牵联？
如今举国正攻坚。淡定居家，莫信流言。

二〇二〇年一月二十七日（正月初三）清晨于北京百旺家苑乐斋

七绝　重看电影《桃花扇》

响应政府抗击新冠肺炎号召而淡定居家，得从电视『点播』中重看老电影《桃花扇》，因题。

桃花扇底桃花梦，一曲悲歌道不同。
多少清流难气节，从来不缺某朝宗。

二〇二〇年一月二十九日（正月初五）于北京百旺家苑乐斋

七绝　雪景前

洁白蓬松别样妍，琼枝玉树立窗前。
瑞年雪兆真当得？此刻闲心向楚天。

附注：

为配合此绝句笔者在自家小院用手机自拍雪景照片一张。扬州华干林教授收见后当即赋诗《题纪宝成先生雪中小照》：『梨花千树瑞京门，北国银妆似玉昆。小照一张观气象，仙翁松柏共精神。』

二〇二〇年二月二日（正月初九）午前于北京百旺家苑乐斋

减字木兰花　庚子年立春

晴空万里，敢问春风何日起？静好西园，

万木清疏何日鲜？

车稀路旷，人迹几无空荡荡。伫立桥头，

望远沉心黄鹤楼。

二〇二〇年二月四日（庚子年立春）傍晚于北京百旺家苑乐斋

如梦令　晨雪喜

大雪纷飞晨晓，惊喜宅居翁老。健步立窗前，兀自稳机开照。真好，真好，洁白静心留笑。

二〇二〇年二月六日午前于北京百旺家苑乐斋

唐多令 致敬抗疫中的武汉

狂疫没来由，江城厄运遒。举世惊、国难当头。医护千群无日夜，齐奋战，共加油！

防抗满神州，大仁大义稠。烈攻坚、壮写春秋。遥望白云黄鹤处，龟蛇跃，大江流。

二〇二〇年二月十二日晨于北京百旺家苑乐斋

渔歌子　家居小景

手有闲书气自华，暖心清肺一壶茶。篱院静，夕阳斜，阑珊意绪对窗纱。

二〇二〇年二月十五日傍晚于北京百旺家苑乐斋

捣练子　剪枝又迎春

园寂寂，念纷纷。挥剪迎春忆故人。劳作共同何处觅？眼前唯有影随身。

自注：

劳作共同，指往昔每年剪枝等园艺劳作都是与夫人祖英共同完成的。

二〇二〇年二月二十日清晨于北京百旺家苑乐斋

虞美人　庚子年早春吟

区封口罩何时了？挥臂低吟啸。南天极目苦盈胸，多少英雄勇士疫情中！

尚能闲步居区内，尤喜寻花蕾。清风拂面已和柔，微见轻黄嫩绿柳梢头。

二〇二〇年三月七日傍晚于北京百旺家苑乐斋

摊破浣溪沙　诗评历代词人八十家完稿

三月七日，以七绝近体诗选评历代词人八十家完稿搁笔。甚喜。

七绝歌评八十家，随心缘趣撷芳华。词史从来几人有？可堪夸？

恰似叠书穿往古，浑如斗室走天涯。南北笔耕谁伴我？一壶茶。

题注：

二〇一五年五月、八月，笔者以七绝体诗评宋词十六家，其中十首发表在《诗刊》二〇一七年增刊《子曰》第三期上。后有零星此类续评诗作。二〇一九年二月，笔者与侯书栋共同完成了《历代词选六百首品读》，遂于十一月决定以此为基础将此种诗评词家扩展为七绝诗评历代词人八十家，并倾心以赴，终至前日完稿。

自注：南北，指京城、椰城两地。

二〇二〇年三月九日凌晨于北京百旺家苑乐斋

鹧鸪天 祖英仙逝三周年

又是三月十八日了。祖英永远活在我心中。

不尽流光有数天，肠断人去已三年。低徊往事清溪水，暗涌离愁丝柳烟。
频驻足，又西园，芽苞最是诱人鲜。东风已唤丁香醒，好梦今宵再并肩。

二〇二〇年三月十八日清晨于北京百旺家苑居所

眼儿媚　春渐浓兼答友人

杨柳丝丝弄晨风，静静报春浓。山桃花粉，玉兰花白，榆叶梅红。

焉能有负花天好？提步觅芳踪。心花烂漫，襟怀清淡，不与莺同。

二〇二〇年三月二十二日晨于北京百旺家苑乐斋

朝中措　老来风味

老来不适势喧喧，常去野荒边。着意闲云舒卷，赏心水色如天。
怡人天气，流连月下，往返花前。咏诵春风沂水，心宽随处林泉。

二〇二〇年三月二十八日清晨于北京百旺家苑乐斋

五绝　晓窗花满

晓窗花竞满，春色涌吾家。
完美人生少，邀君共此奢。

二〇二〇年三月三十日晨于北京百旺家苑乐斋

满江红　庚子年清明节

庚子清明，天宇静、悲鸣万笛。旗半挂、八方行止，万民肃立。天地不仁人有义，九州处处深情激。默志哀，追远祭亡灵，长空碧。

旌旗奋，强战疫；危局挽，神州力。大江东去水，绝无停息。旷世悲情无再有，空前苦难曾经历。当记取、那万事人间，天人壹。

二〇二〇年四月六日晨于北京百旺家苑乐斋

忆秦娥　暮春时节

谁知觉？万般春事真如约。真如约，晚樱烂漫，海棠花落。

暮春莫道欢情薄，舞翻戏蝶娱人乐。娱人乐，柳阴渐起，刺梅沉着。

二〇二〇年四月十一日晨于北京百旺家苑乐斋

好事近　幽居闲题

丝竹乐音鲜，满耳老家消息。举首面南遥望，有长空流碧。

再无危坐正襟人，散发享清寂。窗下几盆花木，酿一壶闲逸。

二〇二〇年四月二十五日晨于北京百旺家苑乐斋

画堂春　花开紫穗槐

万般新绿不相追，团团紫穗花垂。平添色彩送春归，笑映斜晖。

无有芳香弥漫，焉能蜂蝶翻飞？天生伟岸正当时，自有风姿。

二〇二〇年四月三十日晨于北京百旺家苑乐斋

七绝　做客正山堂驻京办有感

武夷养秀千山翠，桐木腾芳万里香。
金骏眉兮妃子笑，古茶新韵正山堂。

二〇二〇年五月十一日夜晚于北京百旺家苑乐斋

七绝　又见樱桃红

又见樱桃点点红，徘徊树下意融融。
乡音盈耳慈容现，仿佛帮扶采摘中。

自注：

笔者家居小院种有两株樱桃树，过去每年都有与祖英共同采摘硕果的欢乐时光。

二〇二〇年五月十六日清晨于北京百旺家苑乐斋

忆少年 临水漫吟

无名飞鸟，无名水草，无名情绪。长渠两岸绿，伴人来车去。

缓步临桥栏杆处，想前欢、已成孤苦。前贤曲江乐，对清流无语。

自注：

杜甫《曲江二首·其二》句：『细推物理须行乐。』

二〇二〇年五月十八日午时于北京百旺家苑乐斋

念奴娇　石榴花放

石榴花放，火红处、牵动万般新绿。未与众芳同眩美，亦未孤芳居独。娇接蔷薇，艳偕月季，入夏怡人目。时兮运也，自然排就命宿。

神驰大宇人间，万事悠悠，俯仰皆成局。任有阴晴圆缺月，人必居安祈福。叱咤风云，寄情山水，信矣缘相续。眼前花色，奏鸣归一心曲。

二〇二〇年五月二十一日午时于北京百旺家苑乐斋

七律 有感美国政要疯狂

今年四月以来，美国总统国务卿等政要就美国严重新冠疫情不断信口雌黄『甩锅中国』。五月二十日，他们更是以恶劣言辞对中国发起全方位的『饱和攻击』。早已闲散的笔者不由得愤而赋此律以遣怀。美国对我态度如此恶变，很值得深思。

『饱和攻击』恶重重，我辈咬牙寒满胸。
鹤立太和祥结瑞，鹰飞华尔猛连凶。
唐人街上涂鸦劣，白色宫中敌意浓。
如此穷凶如此极，世间从此不雍容。

自注：

中国人喜鹤。故宫太和殿殿前和御座的两侧，皆置有性温和、态优雅之仙鹤雕像。欧美人喜鹰。纽约华尔街街头树立性喜主动攻击、凶猛残忍之秃鹰雕像。五月二十二日报载，受美国『甩锅』中国之影响，著名的加拿大温哥华唐人街之石狮雕像惨遭涂鸦。

二〇二〇年五月二十四日午时于北京百旺家苑乐斋

少年游　晨光里

晨光明净满阳台，风小正徐来。纱帘微漾，心旌暗动，一卷案头开。

扶栏一碧长空杳，四顾绝尘埃。草木清香，深深呼吸，轻诵畅襟怀。

二〇二〇年五月二十六日午前于北京百旺家苑乐斋

七绝　无名小草

无名小草绿油油，野地荒坡竞自由。
雨打风吹浑不怕，生生不息笑春秋。

二〇二〇年五月二十七日下午散步百旺西园途中口占

七绝 参加精选诗词视频会议有感

今天上午，第二次应邀参加向兵、胡娟、书栋选编笔者诗词之视频会议，感而有此绝。

求精顺势尚多姿，取舍艰难割爱时。
平淡峥嵘清气在，丰神隽语即相宜。

二〇二〇年五月三十一日夜晚于北京百旺家苑乐斋

青玉案　老来心宽

老来往事堪回首，只缘是、情依旧。劲气清风常盈袖。天高云淡，山明水秀，笑雨狂雷吼。

心宽自乐人增寿。万象因时几多诱！夏日清欢何处有？荷香飘逸，流萤漫舞，风动西堤柳。

自注：

宋马存《赠盖邦式序》：『可以吞江南吴越之清风……可以吸燕

赵秦陇之劲气』。又：『如万象供时而无穷。』宋苏轼《上梅直讲书》：『飘然脱去世俗之乐而自乐其乐也。』苏轼《浣溪沙·细雨斜风》：『人间有味是清欢。』

二〇二〇年六月五日夜晚于北京百旺家苑乐斋

七绝　读胡适第一首新诗《孔丘》

如此新诗实不堪，今人读罢苦开颜。
劝君莫问当年事，作贱祖宗天不安！

题注：

《胡适全集》收有胡适第一首新诗《孔丘》：『知其不可而为之，亦不知老之将至。认得这个真孔丘，一部《论语》都可废。』

二〇二〇年六月二十五日（庚子端午）清晨于百旺家苑乐斋

七绝　拾杏仁

平滑桌台拾杏仁，眼尖手快好精神！
老来还觅童时趣，莞尔如今自在人。

二〇二〇年七月五日上午于百旺家苑散步途中

七绝　散步西园偶题

轻轻脚步走还停，侧耳林间细细听。
远却俗尘清净去，啾啾鸟语送安宁。

二〇二〇年七月十四日晨于北京百旺家苑乐斋

调笑令　行走

行走，行走，一路风光依旧。当年此路并肩，此路再无旧年。年旧，年旧，何止绿肥红瘦！

二〇二〇年七月十五日上午于百旺家苑散步途中

醉花阴　闲品古诗词

忘却无聊无奈事，静静窗前翠。驰目绿无边，无息无声，无有风云会。渐入四声平仄里，多少迷人醉。莫道不销魂，摇首低吟，都是人滋味。

二〇二〇年七月十六日晨于北京乐斋

七绝　园中练拳老者

嶙峋瘦骨白衣衫，霜染鬓毛红黑颜。
柔臂劲拳挥上下，林中小路已回环。

二〇二〇年七月十七日上午于北京乐斋

七律 闻正山堂遭山洪袭击致元勋君

又到年年雨汛期，惊闻湍激闹凶危。
灵犀一点通元宝，桐木周全稳大旗。
恶疫依然花烂漫，山洪无奈绿逶迤。
堂中笑会清欢客，最是一壶金骏眉。

自注：

元宝，暗含江元勋与笔者名第二字。

二〇二〇年七月十八日晨于北京乐斋

西江月　独步盛夏夜

杨柳无聊微漾，金蝉快意高鸣。渐浓夜色又相迎，我自悠然小径。

清极不知孤寂，苍茫反觉安宁。手摇蒲扇有风轻，一路斑斑树影。

二〇二〇年七月三十一日清晨于北京乐斋

七绝　哭朱毅峰教授

行车途中惊闻毅峰教授八月十一日离世，一时痛入肺腑，感而有此绝。

犹记当年同复试，并肩共进人大门。
杏坛大义谊君我，有话现今和泪吞。

自注：

一九七八年七月笔者赴京参加中国人民大学研究生入学复试，与朱毅峰同下一辆公交车，肩并肩共同走进人大校门。

二〇二〇年八月十三日上午于昌黎阿那亚至遵化汽车途中

鹊桥仙 名茶名酒吟

正山茶润，茅台酒热，多少欢圆愁别。琼浆玉液一相逢，便情满、人间无孑。青莲抚掌，皎然击节，杯举一壶高洁。名茶名酒赋华章，共大宇、清风明月。

自注：

唐李白，号青莲居士。唐皎然《饮茶歌诮崔石使君》句：

『素瓷雪色缥沫香，何似诸仙琼蕊浆。』

二〇二〇年八月十九日晨于武夷山桐木村

七绝　山中小记

星斗满天殊养目，鸡鸣狗吠奋精神。
翠峰幽谷清溪水，喜煞山中域外人。

二〇二〇年八月二十一日清晨于武夷山桐木村正山堂

相见欢　喇叭花

小园初漾秋风，又新功。只见喇叭花放艳娇容。

埋头绿，无拘束，自闲庸。顺势轻攀时满自然红。

二〇二〇年八月三十日上午于北京乐斋

图书在版编目(CIP)数据

岁月诗痕. 第三集/纪宝成著. —长沙:岳麓书社,2022.6

ISBN 978-7-5538-1665-4

Ⅰ. ①岁… Ⅱ. ①纪… Ⅲ. ①诗词—作品集—中国—当代
Ⅳ. ①I227

中国版本图书馆 CIP 数据核字(2022)第 085912 号

SUIYUE SHIHEN(DI-SAN JI)

岁月诗痕(第三集)

著　　者:纪宝成

责任编辑:王文西

特约编辑:曾德明

责任校对:舒　舍

封面设计:风格八号

岳麓书社出版发行

地址:湖南省长沙市爱民路 47 号

直销电话:0731-88804152　0731-88885616

邮编:410006

版次:2022 年 6 月第 1 版

印次:2022 年 6 月第 1 次印刷

开本:640mm×960mm　1/16

印张:36.5

字数:374 千字

ISBN 978-7-5538-1665-4

定价:78.00 元

承印:湖南省众鑫印务有限公司

如有印装质量问题,请与本社印务部联系

电话:0731-88884129